LA MAISON D'À CÔTÉ

JOEL A. SUTHERLAND

Illustrations de
Norman Lanting
Texte français de
Hélène Rioux

■SCHOLASTIC

Catalogage avant publication de Bibliothèque et Archives Canada

Titre: La maison d'à côté / Joel A. Sutherland ; texte français d'Hélène Rioux.
Autres titres: House next door. Français
Noms: Sutherland, Joel A., 1980- auteur. | Rioux, Hélène, 1949- traducteur.
Description: Mention de collection: Hanté | Traduction de: The house next door.
Identifiants: Canadiana 20190097604 | ISBN 9781443174893 (couverture souple)
Classification: LCC PS8637.U845 H6814 2019 | CDD jC813/.6—dc23

Références photographiques :
Illustrations de la couverture © : iStockphoto : arrière-plan rouge
(Stephanie_Zieber); Shutterstock : maison (peter jensen),
griffes du monstre (ra2studio), neige (Tobyphotos).
Illustrations de Norman Lanting.

Édition publiée par les Éditions Scholastic,
604, rue King Ouest, Toronto (Ontario) M5V 1E1.

5 4 3 2 1   Imprimé au Canada 139   19 20 21 22 23

À la mémoire de George Lenart, un homme d'une grande
gentillesse qui a laissé une marque indélébile

CHAPITRE UN

— Regarde le bon côté des choses, dit papa à ma sœur Sophie en posant une main sur son épaule et l'autre sur la mienne. Tu as toujours voulu un cheval.

Sophie soupira.

— Ce n'est pas parce que les voisins ont un cheval que cela signifie qu'il m'appartient.

Le cheval se trouvait dans le champ enneigé à côté de notre nouvelle maison. Papa, Sophie et moi avions passé l'après-midi à décharger le camion de location et à déballer les boîtes pendant que maman rangeait les choses. J'étais entré et sorti des dizaines de fois sans avoir remarqué ce cheval. Immobile comme une statue, il ne faisait aucun bruit, ne bougeait aucun muscle. Je commençais à me demander s'il était vraiment vivant, mais c'est alors que sa queue bougea d'un côté à l'autre, juste une fois.

— Et même si ce cheval m'appartenait, je crois que j'exigerais un remboursement, ajouta Sophie.

Je la comprenais. Le cheval était d'un noir de jais et avait une tache blanche sur le front, mais impossible de le confondre avec celui de la série *L'Étalon noir*. Le cheval des voisins était grand et aurait dû être musclé, mais on voyait ses côtes sous son pelage terne aux poils emmêlés. Et dans la faible lumière, je n'en étais pas sûr, mais je crus voir un liquide foncé couler d'une de ses narines. Trois de ses chevilles étaient blanches et la quatrième était aussi noire que le reste de son corps. Je ne connaissais pas le terme exact pour parler des chevilles d'un cheval, mais comme je savais que Sophie le saurait, je lui posai la question. Elle éclata de rire.

— Les chevilles d'un cheval? Je pense que tu veux parler des paturons, la partie entre le sabot et le boulet.

Je ne me donnai pas la peine de lui demander ce qu'était un boulet. Sophie en connaissait davantage sur les chevaux que toute autre personne de ma connaissance, même si elle n'avait que dix ans, qu'elle n'avait jamais possédé de cheval et n'avait jamais suivi de cours d'équitation. Nous avions fait quelques randonnées à cheval à l'occasion, rien de plus. Elle était folle des chevaux, et ce, depuis qu'elle avait l'âge de dire le mot « hennir ».

Papa ramassa une poignée de hautes herbes desséchées sous la vieille clôture qui séparait notre nouvelle maison de la ferme délabrée voisine. Il leva la main par-dessus la clôture et siffla entre ses dents. Le son aigu, perçant, me fit un peu mal aux oreilles.

— Viens ici, ma fille, cria-t-il, essayant d'attirer le cheval. Ou mon garçon. Je ne sais pas encore ce que tu es. Sais-tu si c'est un mâle ou une femelle, Sophie?

— D'où je suis, je vois la même chose que toi, répondit-elle. Et non, je ne le sais pas.

Le cheval continua à nous regarder fixement en balançant sa queue. Sinon, il était parfaitement immobile.

— Qu'est-ce qui t'arrive? demanda papa à l'animal de l'autre côté du champ. Ta maman t'a interdit d'accepter de l'herbe d'un inconnu ou quelque chose du genre?

— Richard?

C'était maman. Elle était debout près de la porte d'entrée derrière nous, l'air perplexe.

— À qui parles-tu?

— À notre nouveau voisin, répondit papa.

Maman regarda la ferme.

— Notre nouveau voisin? Où ça?

— Dans le champ, dis-je en le montrant du doigt. Gripoil.

— Bien joué, Mathieu! s'exclama papa en ébouriffant mes cheveux.

— Qui? demanda maman, les sourcils froncés.

— Gripoil, répétai-je. Tu sais, le cheval de Gandalf.

Papa se joignit aussitôt à moi pour participer au festival de *geeks* que j'avais initié.

— Descendant de Felaróf et chef des Mearas, cria-t-il, surexcité. C'est le plus magnifique pur-sang de la Terre du Milieu.

— La moitié de ce que vous venez de dire était en français. Quant au reste, je n'en ai aucune idée.

Maman chercha du regard le soutien de Sophie.

— Sais-tu de quoi ils parlent?

— Du *Seigneur des anneaux*, je pense, dit-elle. À

part ça, non, je ne le sais pas vraiment.

À treize ans, j'avais lu *Le Seigneur des anneaux* trois fois. Papa et moi avions regardé tous les films une bonne dizaine de fois. Nous avions même vu les versions longues dans lesquelles le réalisateur avait ajouté des heures de scènes coupées au montage.

Nous étions de vrais *geeks* et fiers de l'être.

Maman était vérificatrice. Ou quelque chose du genre. Je ne savais pas trop ce qu'elle faisait. Elle me l'avait expliqué un jour pendant le déjeuner, mais je m'étais mis à rêver devant le papier peint de la cuisine, ce qui était un peu plus intéressant. Nous venions de déménager de Bracebridge à Courtice à cause de son travail. Elle avait obtenu un nouveau poste à Toronto où elle vérifiait des produits, des processus, des chiffres ou ce que vérifient les vérificateurs. Elle souhaitait se rapprocher de la ville et nous avions donc dû quitter notre maison absolument géniale et emménager dans cette banlieue tristounette.

Comme papa était artiste, il pouvait travailler à peu près n'importe où. Quoique peindre ou dessiner au bord du ruisseau qui coulait dans notre ancien jardin devait être plus propice à l'inspiration que de s'asseoir sous un soleil de plomb dans notre nouvelle cour sans arbre, à entendre les aboiements des chiens, les pleurs des bébés et la station de radio que nos voisins écoutaient en tondant leur gazon.

Maman aperçut enfin le cheval. Son pelage noir le rendait difficile à distinguer contre le ciel de plus en plus sombre.

— Regardez-moi ça! Nous sommes venus ici plusieurs fois pour vérifier les progrès des travaux de la maison et je n'avais jamais vu de cheval. Hé! Sophie, tu as toujours voulu en avoir un et tu habites maintenant à côté de celui-ci. Plutôt sympa, non?

Sophie semblait vouloir lui donner la même réponse qu'à papa, mais elle inspira profondément et s'obligea à sourire.

— Oui, maman, très sympa.

— Qui sait? continua maman. Quand nos voisins verront à quel point tu aimes les chevaux, ils te laisseront peut-être monter le leur.

Je regardai la ferme, mais je ne vis aucun signe de vie à part le cheval. Aucun mouvement derrière les fenêtres, aucune lumière allumée, aucune voiture dans l'allée. La maison semblait facilement avoir cent ans. Peut-être plus. Elle était aussi blanche que la neige qui l'entourait. Une petite statue équestre, blanche aussi, se trouvait à droite de la porte et, à côté, une balançoire grinçait en oscillant lentement dans le vent.

Une autre chose attira mon regard : il y avait un écriteau au bout de l'allée. On y lisait les mots « FERME BRIAR PATCH » et il y avait aussi la silhouette d'un cheval au galop. Je ne pouvais pas imaginer que le véritable cheval de la ferme Briar Patch soit capable d'atteindre la moitié de la vitesse de celui qu'on voyait sur l'écriteau. Il avait l'air trop mal en point.

Une grande écurie qui avait connu des jours meilleurs se trouvait à l'arrière. Elle avait déjà été rouge, mais presque toute la peinture s'était écaillée et les planches de bois étaient à nu. À mes yeux, le toit était sur le point de s'effondrer.

La vieille maison semblait têtue. Je me dis que ce n'était pas la maison, mais plutôt ses habitants qui avaient probablement la tête dure. Elle était entourée de chaque côté par les logis uniformes de notre nouveau quartier. Tous les anciens fermiers avaient vendu leurs propriétés à des promoteurs immobiliers, sauf nos nouveaux voisins qui, de toute évidence, avaient refusé de déménager. À présent, la maison blanche, avec son grand champ, son écurie et son cheval, faisait tache dans le paysage.

Ma famille et moi la contemplâmes en silence l'espace d'un instant. Un vent froid soufflait dans la rue et gelait ma peau. C'était le premier jour de la relâche de mars et, au lieu de passer la semaine à skier, à faire de la planche à neige et à patiner avec mes amis comme les autres années, j'allais devoir m'installer dans notre nouveau logis. Seul.

Maman frissonna et serra ses bras autour d'elle.

— *Brrr!* Il fait froid, dit-elle. Entrons. Il est presque temps de sortir la pizza du four.

Nous oubliâmes tous le cheval et suivîmes ma mère à l'intérieur. Même surgelée, la pizza produisait toujours cet effet sur nous. Mais pendant que, assis en cercle sur le plancher du salon, nous mangions de la pizza au goût de carton dans des assiettes en papier qui goûtaient probablement la même chose, je levai les yeux vers la fenêtre. Dehors, il faisait noir comme chez le loup, mais j'eus l'impression de voir deux grands yeux reflétant la lumière de notre salon. Je crus voir un mouvement flou dans l'ombre, puis les yeux disparurent.

— Que se passe-t-il, Mathieu? demanda maman.

— Rien, répondis-je en secouant la tête. Rien du tout.

Mais j'avais le sentiment que ce n'était pas vrai.

CHAPITRE DEUX

Je me réveillai le lendemain matin sur le plancher de ma nouvelle chambre et m'étirai le dos. Il craqua trois fois comme un pétard. *Pop, pop, pop!* Le tapis de yoga de maman et mon vieux sac de couchage étaient loin de m'offrir le même confort que mon vrai lit. Notre mobilier serait livré plus tard dans la journée.

Je me levai et me dirigeai lentement vers la fenêtre. Ma chambre était la seule avec une vue sur la ferme Briar Patch. La fenêtre de Sophie donnait sur la cour et celle de nos parents, sur la rue. Il avait neigé pendant la nuit et le sol était couvert d'une couche de poudre blanche. Je ne vis aucun signe du cheval, pas même l'empreinte d'un sabot sur la neige. Il devait être encore dans l'écurie.

Je consultai ma montre. Il était presque 9 h 30. *Un peu curieux*, me suis-je dit. On m'avait toujours dit que les fermiers se levaient aux aurores. À cette heure-là, le cheval aurait dû être sorti de l'écurie pour se dégourdir les pattes.

J'enfilai mon jeans de la veille et mon tee-shirt de *Batman* préféré. Les lettres QFB? (Que ferait Batman?) étaient imprimées au-dessus du logo. Je descendis à la cuisine. Sophie et maman étaient assises sur des boîtes pleines de livres. Chacune tenait un bol de céréales dans une main et une cuillerée de Cheerios dans l'autre.

— Salut, champion! claironna papa.

Il était debout près du comptoir et, même si nos placards et notre frigo étaient presque vides, il avait mis son tablier. C'était un tablier noir sur lequel les mots « VIENS DU CÔTÉ OBSCUR — ON A DES BISCUITS » étaient écrits en lettres jaunes.

— Je crains de ne pas pouvoir cuisiner mes crêpes traditionnelles du dimanche matin, mais te laisserais-tu tenter par un bol de céréales? Nous avons une variété intéressante : Cheerios, Rice Krispies et Corn Flakes.

— Les Cheerios sont tentantes, répondis-je en m'asseyant sur la troisième boîte.

— Tout de suite.

— Bien dormi? demanda maman.

— Pas trop. Mon lit me manque.

— Le mien me manque aussi, ajouta Sophie.

— Vous dormirez mieux cette nuit après le passage des déménageurs.

— Écoutez, les jeunes, dit papa en me tendant un bol et une cuillère. Vous n'avez pas besoin de rester ici pour nous aider. J'irai faire les courses à l'épicerie et maman va continuer de déballer les boîtes. Si vous voulez, allez dehors et familiarisez-vous avec le voisinage.

Je haussai les épaules.

— Si mes amis étaient ici, j'irais glisser.

— Alors vas-y avec ta sœur.

Je me tournai vers Sophie.

— Ça te tente?

— Un canard à une patte nage-t-il en cercle? demanda-t-elle.

— J'imagine que ça veut dire oui, répondis-je en riant.

Notre grand-père aimait les expressions farfelues, et celle-ci était l'une de nos favorites, à Sophie et à moi.

Après avoir déjeuné et repêché nos habits d'hiver dans une des boîtes (ce n'était pas trop compliqué, maman avait tout indiqué), nous allâmes chercher nos luges dans le garage et sortîmes.

Arrivés au bout de l'allée, nous n'avions aucune idée de l'endroit où se trouvait la colline la plus proche.

— Hum, d'après toi, on va à gauche ou à droite? demandai-je.

— Je ne sais pas, répondit Sophie.

Puis elle pointa le doigt vers l'autre côté de la rue.

— Regarde!

Deux garçons venaient de sortir de chez eux. Comme nous, ils ressemblaient à des guimauves avec leurs manteaux d'hiver matelassés, leurs tuques et leurs mitaines. Ils attrapèrent tous les deux une luge sur le côté de leur maison, puis un des garçons nous aperçut.

— Hé! dis-je.

— Salut! répondit l'aîné des deux.

Il devait avoir à peu près mon âge, et l'autre garçon, celui de Sophie.

— Nous venons d'emménager, expliquai-je. Ça vous dérange si on vous suit jusqu'à la colline pour glisser?

— Désolé, on ne va pas glisser, dit le plus vieux des deux.

Je fronçai les sourcils.

— Oh! Hum, vraiment? C'est juste que vous avez vos luges et que...

Sophie me donna un coup à la poitrine du revers

de la main.

— Ils te font marcher, Mathieu.

Je me tus, puis je remarquai que les garçons souriaient et s'esclaffaient.

— Ah! Je comprends, dis-je.

— Non, venez avec nous, dit le plus vieux. Je m'appelle Nicolas, et lui, c'est Christophe, mon petit frère.

Après nous être présentés, nous leur emboîtâmes le pas. Chemin faisant, je jetai un coup d'œil à la ferme à côté de notre maison. Les stores étaient complètement baissés et il n'y avait personne aux alentours. La maison semblait en état d'hibernation.

— Vous vivez ici depuis longtemps? demandai-je.

— Depuis octobre. Ça fait quoi? Quatre mois? répondit Nicolas.

— Cinq, rectifia Christophe.

— Merci, bébé frère.

— Tu sais que je n'aime pas ça quand tu m'appelles comme ça.

— Désolé, bébé, je ne t'appellerai plus jamais frère.

Christophe soupira, mais il ne semblait pas véritablement perturbé. J'eus l'impression qu'ils se taquinaient beaucoup l'un l'autre, mais ils le faisaient dans la bonne humeur.

— Où est la colline? voulut savoir Sophie.

— Derrière l'école publique de Courtice, juste
devant nous, répondit Christophe. C'est ta nouvelle
école?

Sophie acquiesça d'un signe de la tête. Pour ma
part, je fréquenterais l'école intermédiaire liée à la
polyvalente à l'autre bout de la ville. Mais ni elle
ni moi ne nous sentions enthousiastes à l'idée de
changer d'école alors qu'il ne restait que trois mois
de cours.

— C'est là que je vais, moi aussi, continua
Christophe. En tout cas, il y a une forêt derrière
l'école, avec un sentier qui conduit à une colline.
Elle n'est pas haute, mais il n'y a jamais de jeunes
enfants ou de parents dans les parages, alors c'est
sympa.

Après avoir traversé la cour d'école, parcouru
un sentier bordé de pins et marché dans les bois sur
une courte distance, nous débouchâmes sur une
petite clairière à proximité d'une colline, comme
Christophe l'avait dit.

— C'est magnifique! s'exclama Sophie.

— Super! ajoutai-je.

Je ne m'étais pas attendu à trouver quelque chose
du genre dans une banlieue. Nous n'avions mis que

sept ou huit minutes pour arriver ici, mais c'était comme si nous étions de retour à Bracebridge, à la campagne. La forêt nous isolait complètement du voisinage, dont nous ne percevions plus aucun bruit, et la colline était moins petite que je l'avais imaginé. Nous l'avions pour nous seuls, et la neige était immaculée : personne n'avait encore glissé dessus.

— Le dernier en bas est une poule mouillée! hurla Sophie.

Elle se laissa tomber sur sa luge et dévala la colline toute seule.

— Qui sera la poule mouillée? criai-je en essayant de rattraper ma sœur.

Christophe nous rejoignit au pied de la colline et Nicolas, la poule mouillée, arriva le dernier.

— Vous êtes bizarres, dit-il avec un sourire.

— Merci! répliqua Sophie.

— Vous allez vous intégrer parfaitement à la vie du quartier, affirma Christophe.

— Trop tôt pour le dire, le contredit Nicolas. C'est leur premier jour.

Christophe le défia.

— D'après toi, n'est-ce pas mieux qu'ils soient informés maintenant plutôt que plus tard?

Nicolas haussa les épaules.

— Qu'est-ce que ça veut dire? demandai-je. De

quoi parlez-vous?

— Eh bien, à présent que le chat est sorti du sac, tu fais aussi bien de les mettre au courant, répondit Nicolas.

Christophe ouvrit la bouche, s'arrêta, puis il parla lentement et délibérément comme s'il pesait chaque mot.

— Avez-vous remarqué quelque chose d'étrange à propos de la maison à côté de chez vous?

— Oui, dis-je. Hier soir, on a vu un cheval dans le champ, mais il ne bougeait presque pas. Plus tard, j'ai cru qu'il nous regardait par la fenêtre. C'était plutôt terrifiant.

— *Terrifiant*. Ce cheval est bien plus que *terrifiant*, dit Christophe.

— Pourquoi?

— Parce qu'il n'y a pas de cheval, expliqua Christophe. Bon, ce n'est pas tout à fait ça. Il y en a *déjà* eu un.

— Déjà? répéta Sophie, intriguée.

— Il y a quinze ou vingt ans, précisa Nicolas. Un vrai cheval grand et noir comme la nuit.

— Que lui est-il arrivé? voulus-je savoir. Ses propriétaires ont déménagé, quelque chose comme ça?

— Non, répondit Christophe. Il est mort.

CHAPITRE TROIS

Sophie but une gorgée de chocolat chaud et, avec une moustache chocolatée couvrant sa lèvre supérieure, elle déclara :

— Ça manque de guimauves.

Nous nous réchauffions lentement dans la cuisine de nos nouveaux amis. Mes joues picotaient et mes doigts ainsi que mes orteils élançaient. Nous avions glissé à quelques reprises jusqu'au pied de la colline avant de prendre le chemin du retour.

— Sers-toi, dit Nicolas en faisant glisser un sac jaune de guimauves Sans nom vers ma sœur.

Sophie but la moitié de son chocolat chaud pour faire de la place dans sa tasse et y laissa tomber presque une dizaine de guimauves. M. et Mme Russo, les parents de Nicolas et de Christophe, étant sortis, aucun adulte n'était là pour nous dire de ne pas nous empiffrer de sucreries.

— Et comment savez-vous que le cheval est

mort depuis des années si vous n'habitez ici que depuis cinq mois? demandai-je.

— Tous les jeunes en parlent à l'école, répondit Christophe. La plupart pensent que ce n'est qu'un vieux cheval à moitié mort, mais certains croient qu'il s'agit d'un fantôme. J'ai même entendu un élève dire que c'est un zombie parce que les chevaux fantômes n'existent pas. C'est un genre de légende locale, quoi!

— Comment le cheval est-il mort, selon la légende? voulut savoir Sophie.

— J'ai entendu quelques histoires différentes, répondit Nicolas. Pour certains, il aurait péri dans un incendie, ce qui est impossible, parce que l'écurie est toujours là et qu'elle a l'air pas mal vétuste. D'autres racontent que la famille qui habite dans la maison a fait faillite, qu'elle a découpé le cheval en morceaux et l'a vendu pour faire de la colle.

— C'est ridicule, ça aussi, fit remarquer Christophe. On ne se sert pas des chevaux pour fabriquer de la colle. N'est-ce pas?

L'air lugubre, Sophie fit signe que oui. Christophe sembla choqué, puis dégoûté. Ensuite, il haussa les épaules et engouffra une poignée de guimauves.

— La plupart des gens croient que deux jeunes, des frères, ont attendu la nuit pour faire sortir le cheval de l'écurie et aller galoper dans les bois derrière l'école. Puis, quand ils ont eu fini...

Nicolas se tut et fit glisser son pouce sur sa gorge.

— Ils ont tué le cheval? s'écria Sophie. Pourquoi?

Nicolas haussa les épaules.

— Qu'est-il arrivé aux deux frères? demandai-je, la gorge sèche.

J'avalai une gorgée de chocolat chaud qui ne fut d'aucun secours.

— Je ne sais pas si je devrais vous le dire, répondit Nicolas.

— Allez, tu ne vas pas nous laisser en suspens, dis-je.

— Bon, je vais vous épargner les détails trop choquants, mais, un matin, on les a retrouvés morts dans leurs lits. Leurs corps semblaient avoir été piétinés par un cheval.

— Tu ne leur as pas raconté la meilleure partie! l'interrompit Christophe, survolté.

Je ne savais pas ce que pouvait être la « meilleure partie » dans une histoire pareille, mais Christophe se fit un plaisir de nous renseigner.

— Les jeunes vivaient dans une vieille maison qui a été démolie avant la construction de ce quartier, et cette maison était à côté de la ferme avec le cheval. Exactement là où vous habitez!

Comme je m'y étais attendu, je ne compris pas comment ça pouvait être la meilleure partie de l'histoire. Et si je me fiais à l'expression sur le visage de ma sœur, elle pensait comme moi. Mais mon côté rationnel se rappela que ce n'était qu'une histoire. On avait dû exagérer beaucoup ou même l'avoir totalement inventée. Et même si c'était vrai, quelle importance?

Je raffolais des films fantastiques et des films d'horreur, mais je ne croyais vraiment pas aux fantômes. La vraie vie n'était pas comme ça. Les esprits n'existaient pas. La planche Ouija n'était qu'un jouet. Alors un cheval fantôme? Quelle absurdité!

Les gens qui vivaient à la ferme Briar Patch avaient probablement envoyé leur cheval ailleurs, c'était tout. À mes yeux, c'était la version la plus crédible, et je n'allais pas chercher midi à quatorze heures.

⁓

Après avoir bu notre chocolat chaud, nous jouâmes quelques parties de *Tueur de fantômes*, un jeu vidéo imbattable. Et quelle surprise : il nous fut impossible de nous approcher d'une victoire. Nicolas et moi échangeâmes nos numéros de téléphone, puis je partis avec Sophie. Il était presque l'heure du dîner et, même si nos parents avaient dit qu'ils n'avaient pas besoin d'aide, j'avais l'impression de devoir au moins vérifier comment les choses se passaient. Sophie voulait rester encore un peu, mais je lui dis que papa avait sans doute préparé son repas préféré : des sandwichs au fromage fondu et une soupe au poulet et aux nouilles.

Le camion des déménageurs était arrivé et deux hommes transportaient notre mobilier dans la maison en passant par le garage. Avec Sophie qui me suivait à quelques pas, je traversai la rue.

— Cette affaire d'enfants piétinés par un cheval était un peu tirée par les cheveux, dis-je. Mais restons loin de cette ferme… du cheval aussi… jusqu'à ce que nous en sachions un peu plus. D'accord?

Sophie ne répondit pas. Je me retournai. Ma sœur n'était plus là. Je l'appelai.

— Sophie?

En guise de réponse, le vent hurla dans mes oreilles.

Je regardai vers la maison des Russo. Sophie n'y était pas. Je scrutai la rue du regard. Je ne la vis ni sur la chaussée ni sur le trottoir. Je commençai à m'inquiéter. Puis je finis par l'apercevoir.

Elle était debout sur le perron de la ferme.

— Sophie? Qu'est-ce que tu fais?

Elle ne répondit pas. Elle se hissa jusqu'à une fenêtre et regarda à l'intérieur. Je la rejoignis en courant sur le trottoir.

Sophie s'approcha de la porte.

Je montai rapidement l'escalier.

Sophie leva la main.

J'agrippai son épaule pour l'empêcher de faire ce qu'elle était sur le point de faire, mais il était trop tard.

Elle frappa à la porte.

CHAPITRE QUATRE

Toc, toc, toc.

— Sophie, chuchotai-je, alarmé. Es-tu folle? Qu'est-ce que tu fais?

— Il n'y a pas de sonnette.

— Ce n'est pas ce dont je parle et tu le sais très bien.

— Je n'aime pas les mystères, dit-elle. Je veux savoir qui habite ici. Je veux savoir ce qui s'est passé et s'ils ont un cheval. Un cheval *vivant*.

Je regardai désespérément de la porte à la fenêtre. Je n'entendis aucun pas approcher et ne vis aucun mouvement derrière la fenêtre.

— Il semble n'y avoir personne ici, dis-je. Allons-nous-en.

Sophie recula de quelques pas et leva les yeux vers la maison. Je l'imitai. Elle indiqua une fenêtre à l'étage. Les volets en bois étaient entrouverts.

— Je crois que ces volets étaient fermés avant,

dit-elle. Tu as vu?

— Non, et maintenant, *partons*.

Je tirai sur le coude de Sophie, puis je me figeai.

Quelque chose avait bougé derrière la fenêtre. Juste un éclair. Puis, plus rien.

Je plissai les yeux et les frottai.

— Je dois avoir des visions. J'ai cru voir quelque chose dans la fenêtre.

Sophie avait le visage pâle et tendu.

— Je l'ai vu, moi aussi, dit-elle à voix basse.

Nerveux, nous fîmes demi-tour après avoir échangé un regard et courûmes dans l'escalier, puis jusqu'à l'entrée de notre maison.

— Mathieu? Sophie? Que se passe-t-il en bas? cria maman, qui se trouvait à l'étage.

Elle jeta un coup d'œil par-dessus la rampe.

— On dirait que vous avez vu un fantôme.

Nous nous regardâmes de nouveau, Sophie et moi. Cette fois, nous éclatâmes de rire.

— On jouait, maman, dit ma sœur. On a rencontré deux garçons qui habitent en face, on est allés glisser, on a bu du chocolat chaud, joué à des jeux vidéo et on est revenus ici en courant.

Je haussai un sourcil comme pour demander à Sophie : *On ne raconte pas à maman ce qui vient d'arriver à côté?*

Elle se contenta de hausser les épaules. Ça voulait dire : *Pas question.*

Je ne pouvais pas la blâmer. D'ailleurs, nous n'avions pour ainsi dire rien vu. Je hochai donc la tête et adressai à maman un sourire rassurant.

Elle semblait avoir d'autres sujets de préoccupation.

— Très bien. Ces boîtes ne vont pas se déballer toutes seules.

Elle se tourna et disparut.

— Attends! s'exclama Sophie. Qu'est-ce qu'on mange?

— Votre père a préparé des sandwichs au fromage fondu et de la soupe, répondit maman depuis l'une des chambres. Les restes sont dans le frigo.

— Je te l'avais dit, lançai-je en souriant.

Après avoir enlevé nos vêtements d'hiver, nous nous dirigeâmes vers la cuisine en contournant des boîtes empilées au hasard. Je sortis la nourriture du réfrigérateur et la plaçai dans le four à micro-ondes.

Sophie s'assit à la table.

— Pourquoi avais-tu tellement peur là-bas?

J'arrêtai de faire ce que je faisais et la regardai fixement.

— Il s'agit d'une propriété privée. On aurait pu nous accuser d'intrusion.

— Ce n'est pas illégal d'aller frapper à la porte d'un voisin pour nous présenter.

— Mais ce n'est pas ce que tu avais en tête, pas vrai? Si je ne t'avais pas obligée à me suivre, tu aurais testé la poignée pour voir si la porte était verrouillée.

— Peut-être.

— Tu parles sérieusement?

— Allez! s'écria-t-elle, exaspérée, en levant les mains. Tu n'es pas curieux?

J'étais aussi curieux qu'elle, peut-être même davantage.

— La question n'est pas là. La question c'est que... que...

— QFB? m'interrompit Sophie en montrant mon tee-shirt.

Que ferait Batman?

— Batman est un superhéros, dis-je en prenant l'air supérieur d'un *geek*, ce qui m'assurerait le dernier mot dans cette discussion. Il fait partie des gentils. Il ne s'introduirait jamais sans permission chez quelqu'un.

— Il ne s'introduirait pas dans le repaire du Joker pour l'empêcher de commettre une mauvaise action?

— Ouais, j'imagine que oui, mais premièrement, répondis-je en levant mes doigts un après l'autre pour faire valoir mes arguments, le Joker n'est pas notre voisin; deuxièmement, nos voisins ne font rien de « mal » et troisièmement, nous ne savons même pas qui habite là!

La sonnerie du four à micro-ondes retentit. J'allai vérifier, et après avoir testé la soupe avec mon doigt, je la fis réchauffer encore un peu.

Sophie soupira et regarda par la fenêtre de la cuisine.

— Il neige encore... mais aucune trace du cheval dans le champ.

— Qu'est-ce que tu veux dire? lui demandai-je par-dessus mon épaule.

— Les chevaux ont besoin de faire beaucoup d'exercice, Mathieu, répondit Sophie en soupirant.

— D'accord, d'accord.

Je sortis la soupe du micro-ondes et portai le repas à la table.

— J'admets qu'il y a quelque chose d'un peu bizarre. Tu sais, le premier soir, j'ai vu le cheval nous regarder par la fenêtre.

— Il était tard, dit Sophie, la bouche pleine de sandwich au fromage. Qui laisserait son cheval dehors dans le noir? C'est tout simplement irresponsable.

J'avalai une cuillerée de soupe fumante et haussai les épaules.

— Qui sait? Nous sommes peut-être les voisins du Joker.

⁓

Plus tard ce soir-là, longtemps après que ma famille fut allée se coucher et que j'eus lu quelques chapitres du plus récent tome des *Hurleurs,* je farfouillai dans ma caisse de bandes dessinées de *Batman*; j'en cherchais une en particulier. Ma conversation dans la cuisine avec Sophie m'avait rappelé quelque chose. Je trouvai ce que je cherchais et tournai les pages.

Dans cette bande dessinée, Batman combat un méchant appelé Gentleman fantôme, un spectre portant une cape, un chapeau haut de forme et un monocle. Son principal pouvoir consiste à blesser les vivants avec ce qu'il appelle un « toucher mortel ». En ce qui concerne les méchants de la série *Batman,* j'avais toujours trouvé le Gentleman fantôme un peu nul, mais son cheval était impressionnant.

Le Gentleman fantôme montait un cheval

fantôme, un énorme coursier blanc aux yeux rougeoyants. Le cheval de la bande dessinée et celui de la maison voisine étaient tous les deux grands, mais celui du Gentleman fantôme semblait robuste et en santé, alors que celui des voisins avait l'air malade et négligé.

Supposant que Sophie ne dormait pas encore, je décidai d'aller lui montrer la bande dessinée de *Batman*. Je me dirigeai vers sa chambre à pas de loup pour ne pas réveiller nos parents et j'ouvris la porte.

— Sophie? chuchotai-je dans le noir. Tu dors?

Je m'attendais à une réponse du genre : *Plus maintenant, grâce à toi.* Je fus plutôt accueilli par un silence de mort. Je ne l'entendais même pas respirer.

Je tâtai le mur à la recherche de l'interrupteur. Je le regrettai aussitôt. J'aurais voulu éteindre la lumière, retourner dans le temps, ne pas voir ce que j'avais vu.

Allongée dans son lit, Sophie gisait dans une mare de sang. Son corps avait été piétiné et mutilé.

CHAPITRE CINQ

Je me ruai au chevet de Sophie. Mais une fois là, je m'arrêtai, déconcerté.

L'image macabre avait disparu. Non seulement Sophie n'était plus dans son lit, couverte de sang, mais elle n'y était plus du tout. Elle était partie.

Je fermai les yeux, les frottai, et je me sentis soulagé en constatant que son lit était vide quand je regardai de nouveau. Je n'avais pas crié, heureusement, sinon maman et papa auraient accouru dans la chambre et j'aurais dû leur expliquer pourquoi j'avais eu si peur. Je ne souhaitais pas avoir cette conversation.

— Que se passe-t-il? me demandai-je à voix basse.

Je n'avais jamais eu d'hallucinations auparavant, et je n'avais jamais rien imaginé d'aussi troublant. Je pris note de lire moins de *Hurleurs* avant de m'endormir. Puis je scrutai la chambre à la recherche d'un signe de Sophie.

En plus de son lit, les déménageurs avaient apporté sa commode, son bureau et sa chaise. Il y avait quelques boîtes non déballées repoussées contre un des murs d'un blanc insipide. Je ne trouvai aucun indice.

Si j'étais sorti de mon lit à cette heure de la nuit, ce serait pour regarder la télé, jouer à des jeux vidéo ou me régaler de malbouffe. Sophie n'aimait pas les films et les jeux vidéo autant que moi, ce devait donc être une fringale. Après avoir éteint la lumière, je descendis à la cuisine sans faire de bruit.

Dehors, les nuages cachaient la lune et la pièce était plongée dans le noir. J'allumai la lumière en m'attendant à voir ma sœur assise à la table devant une assiette de nourriture. Elle n'était pas là mais, au moins, je ne fus pas accueilli par une autre hallucination sanglante.

Où était-elle?

Il y avait une assiette sur le comptoir. J'allai y regarder de plus près. Sur l'assiette, je vis un petit couteau collant de jus et un cœur de pomme. Je présumai qu'elle avait mangé la pomme, mais ça ne lui ressemblait pas de laisser son assiette sale sur le comptoir.

Mon cœur se mit à battre un peu plus vite et mes paumes devinrent moites. J'avais l'impression qu'il était arrivé quelque chose de terrible à ma sœur. Il était temps d'aller prévenir nos parents. Ils sauraient ce qu'il fallait faire.

J'éteignis la lumière. J'allais monter l'escalier quand je remarquai que la lumière de la cour était allumée. Étrange. Je regardai par la fenêtre au-dessus de l'évier.

J'aperçus quelque chose entre notre maison et la ferme, quelque chose que j'avais déjà vu. Deux grands reflets lumineux.

Des yeux rouges.

Ma vision s'adapta à l'obscurité ambiante et je distinguai bientôt la silhouette du cheval. Il s'approchait de la clôture.

L'espace d'un instant, j'oubliai Sophie et me demandai pourquoi le cheval était de nouveau dehors à cette heure de la nuit. Puis je pensai aux deux enfants dont Nicolas et Christophe nous avaient parlé, ceux que le cheval avait tués à l'emplacement exact de notre maison.

Le déclic se produisit et je compris pourquoi j'avais vu le corps massacré de Sophie dans son lit. Ça n'avait rien à voir avec les *Hurleurs* ni avec ce que j'avais lu ou regardé récemment. C'était l'histoire que les deux frères m'avaient racontée plus tôt ce jour-là. Elle perturbait mon esprit et me faisait voir des choses. Rien d'autre.

Les nuages se déplacèrent dans le ciel et la lune apparut, pleine et brillante. Je distinguai clairement le cheval. Et à présent, dans la lumière bleu argenté de la lune et de la neige, je vis le cheval approcher.

Sophie. Elle était dehors. Que faisait-elle dehors?

Elle avait sauté par-dessus la clôture en bois rond qui séparait notre maison de la ferme et elle se dirigeait vers le cheval. Elle tendit la main. Ses lèvres formèrent des mots que je ne pus entendre par la fenêtre de la cuisine.

Le cheval s'arrêta quand il fut face à ma sœur et, nerveux, il la regarda pendant un instant. Il pencha la tête et renifla quelque chose dans la main de Sophie.

Des tranches de pomme.

Il hennit et détourna la tête.

Je courus vers la porte coulissante, l'ouvris et sortis ma tête dehors. J'allais crier à Sophie de rentrer, mais je restai figé, incapable de produire un son. Quelqu'un était sorti de la ferme. Un vieil homme. Il avait l'air furieux. Il pointa une fourche en direction de Sophie et vociféra :

— Éloigne-toi de mon cheval!

Effrayée, Sophie laissa tomber les morceaux de pomme.

Le vieillard traversa le champ au pas de course avec un regard assassin.

Puis les nuages couvrirent de nouveau la lune. Je ne voyais pratiquement rien.

CHAPITRE SIX

QFB?

Il se précipiterait dehors, fouillerait dans sa ceinture de gadgets, lancerait son batarang vers le vieillard qui s'effondrerait, puis il sauterait sur le dos du cheval. Ensuite, il le ramènerait vers l'écurie où il serait en sécurité.

Je n'avais pas de ceinture pleine de gadgets et j'étais incapable de sauter sur le dos d'un cheval, mais je n'allais pas rester dans la cuisine à regarder Sophie se faire attaquer. Je courus dehors sans même prendre le temps de mettre mes bottes. La neige était si froide que j'eus l'impression de me brûler la plante des pieds à chaque pas.

— Ne reste pas là, Sophie! hurlai-je.

Elle ne bougea pas. C'était comme si elle ne m'entendait même pas.

Le vieil homme n'était plus qu'à une quinzaine

de mètres de Sophie. Il la rejoindrait dans le temps de le dire. Il leva sa fourche au-dessus de sa tête.

Je criai de nouveau, plus fort cette fois.

— Sophie, sauve-toi!

Mes mots l'atteignirent enfin. Elle émergea de sa transe et s'élança, mais l'homme allait la rattraper. Les dents pointues de sa fourche frôlaient presque le dos de ma sœur. Il n'y avait pas une seconde à perdre. Je ramassai un gros morceau de glace. Ce n'était pas la meilleure arme au monde, mais je n'avais rien trouvé de mieux.

— Baisse-toi, Sophie! lui ordonnai-je.

Elle me regarda, puis regarda le glaçon et se laissa tomber par terre.

Je visai le vieillard comme si j'étais un lanceur de poids. Contrairement à Sophie, il ne s'étala pas sur le sol. Ce n'était pas nécessaire. Le morceau de glace le survola avant de s'écraser par terre et d'éclater en morceaux.

Le vieil homme le regarda passer et cela suffit à ralentir son élan.

Sophie me rejoignit et nous regagnâmes la maison en courant. Juste avant d'entrer dans la cuisine, je jetai un coup d'œil en arrière.

Debout à côté de son cheval, de l'autre côté

de la clôture, le vieillard avait renoncé à nous poursuivre. Il agrippait sa fourche comme s'il essayait de l'étrangler.

— Ne venez plus jamais de ce côté de la clôture, vous m'entendez?

Cet avertissement fut proféré d'une voix calme et basse, et cela me fit encore plus peur que s'il avait hurlé.

— La prochaine fois que vous vous approchez de Chimère, ajouta-t-il en montrant le cheval, je vous tue tous les deux.

CHAPITRE SEPT

Après avoir fermé la porte et vérifié deux, trois, quatre fois qu'elle était bien verrouillée, je pris Sophie par la main et la fis descendre au sous-sol. Nous avions besoin de parler et je ne voulais pas que nos parents nous entendent. Elle me suivit dans un état second.

À ma grande surprise, le sous-sol était déjà organisé. Les bibliothèques IKEA étaient remplies de livres de poche, et le matériel d'entreposage était soigneusement rangé sur des tablettes métalliques. Maman avait été plus occupée que je l'avais cru.

Nous nous assîmes côte à côte sur notre vieux sofa. Sophie remonta ses genoux contre sa poitrine et les entoura de ses bras. Je tentai de la calmer en lui frottant doucement le dos.

— Ça va, dis-je sur le ton le plus rassurant, le plus réconfortant possible. Tout va bien aller.

J'espérais que ce serait vrai.

Mais après ce qui venait de se passer, après la menace proférée par le vieillard, je n'en étais pas sûr.

— Qui était ce type? demanda Sophie, un trémolo dans la voix.

— Notre nouveau voisin, j'imagine.

— Mais pourquoi était-il si en colère? Je n'avais rien fait de mal. Je voulais juste donner une pomme à son cheval.

— Je sais, dis-je. Je sais.

— Je n'avais jamais vu un cheval refuser une pomme, mais après l'avoir reniflée, Chimère a détourné son nez. Tu as remarqué?

Je hochai la tête.

— C'est pour ça que j'ai essayé de le nourrir. Je voulais prouver que l'histoire racontée par Nico et Chris était fausse, mais... Est-ce possible que Chimère soit vraiment un fantôme?

— Je ne peux pas croire que je vais dire ça, mais oui, je pense que c'est possible. Le plus bizarre, c'est que le vieil homme ne semblait pas le savoir. Si le cheval, Chimère, est un fantôme, c'est qu'il est déjà mort. Alors pourquoi le voisin sentirait-il le besoin de le protéger?

— Et pourquoi était-il prêt à me transpercer avec sa fourche simplement parce que j'avais sauté par-dessus la clôture?

— Si deux enfants ont tué le cheval, c'est normal que son propriétaire se méfie de nous.

— Alors, qu'est-ce qu'on va faire? Que se passera-t-il s'il nous attaque de nouveau?

— On pourrait avertir la police, suggérai-je.

— Je ne sais pas, dit Sophie. J'aurai peut-être des ennuis pour m'être faufilée dans sa propriété sans permission.

— On pourrait en discuter avec maman et papa.

— Dans ce cas, j'aurai vraiment des ennuis pour m'être faufilée sans permission, dit Sophie en soupirant.

Elle était troublée et ne pensait pas rationnellement.

— Si je pouvais seulement lui expliquer pourquoi je me suis introduite sur son terrain, reprit-elle, lui dire que je ne voulais pas faire de mal à son cheval, il comprendrait peut-être. Qu'en penses-tu?

Je haussai les épaules et réfléchis à cette possibilité. C'était douteux, mais Sophie me regardait, pleine d'espoir, espérant que je pourrais arranger les choses comme par magie. Je ne voulais pas dire non...

— Ça pourrait marcher, je suppose. Maman dit toujours que présenter ses excuses, c'est la super colle de la vie... que ça peut réparer à peu près n'importe quoi.

— J'ai une idée! s'écria ma sœur, un peu ragaillardie. On pourrait lui apporter des biscuits qu'on aurait cuisinés. Un genre de cadeau de réconciliation.

Ça paraissait un peu naïf, mais j'étais content de voir Sophie commencer à se remettre de la peur qu'elle venait d'éprouver.

— Quand tu parles de biscuits, tu veux dire ceux qu'on cuisine à partir d'un rouleau de pâte toute faite, n'est-ce pas?

— Évidemment. Qui n'aime pas ces biscuits?

— Personne, admis-je.

Sophie hocha la tête et rit même un peu.

— Je me sens déjà mieux. Je te demande juste une faveur : n'en parle pas à nos parents, du moins pas tout de suite. Ils ne me laisseraient plus sortir de la maison. Je serais cloîtrée ici pour toujours.

— D'accord, mais si le voisin pète les plombs et n'accepte pas tes excuses, je devrai leur en parler. Marché conclu?

— Marché conclu.

Clonk!

Nous sursautâmes en poussant un petit cri. Une des vieilles poupées de Sophie était tombée d'une étagère et avait atterri sur le sol. Elle portait une robe rose et avait de courts cheveux bruns. Elle s'appelait Suzie. Sophie aimait beaucoup ce prénom parce qu'il ressemblait au sien.

— Ce serait amusant si tu étais une poupée comme moi, non? gazouilla la poupée d'une voix haut perchée.

Quand Suzie parla, ses gros yeux roulèrent dans leurs orbites et sa petite bouche s'ouvrit et se referma à contretemps.

Ma sœur et moi restâmes figés pendant presque une minute à regarder Suzie.

— Comment est-elle tombée de l'étagère? demandai-je sans quitter la poupée des yeux.

Sophie secoua lentement la tête.

— Je ne sais pas. Je n'ai rien vu.

Nous nous regardâmes une fois de plus, puis nous grimpâmes l'escalier au pas de course.

CHAPITRE HUIT

Cette nuit-là, je rêvai du corps décapité de Suzie faisant galoper un cheval noir géant dans les bois comme Ichabod Crane dans *La légende du cavalier sans tête*. Mais même sans tête, Suzie était encore capable de parler.

Ce serait amusant si tu étais une poupée comme moi, non?

Je voudrais que nous soyons des jumeaux.

Je peux voir à travers tout.

J'étais manifestement le jouet de mon imagination.

À mon réveil, je me frottai les yeux, j'inspirai profondément et m'obligeai à chasser Suzie de mon esprit.

— Mathieu! Sophie! Le déjeuner est servi! Vite, ça va refroidir!

C'était papa qui nous appelait depuis le rez-de-chaussée.

J'enfilai un jeans et un tee-shirt propre arborant une image du *Faucon Millenium*, puis je descendis. À ma grande surprise, j'étais arrivé à la cuisine avant ma sœur. Elle était une lève-tôt, alors que je me couchais tard et que j'avais tendance à rester au lit le matin. Papa m'accueillit avec sa bonne humeur habituelle.

— Salut, champion! dit-il en déposant une assiette devant moi.

Après les Cheerios de la veille, il s'était surpassé. Œufs brouillés, deux tranches de bacon, une pile de pommes de terre rissolées et deux rôties de pain blanc. Le casque de Darth Vader était imprimé sur l'une des rôties et le logo de *Star Wars* sur l'autre. Mon père avait manifestement utilisé le grille-pain que maman lui avait offert à Noël. Rien d'étonnant à cela : c'était le seul grille-pain qu'il utilisait depuis ce jour.

— Tu as mis le bon tee-shirt, dit-il en indiquant ma poitrine, puis une rôtie.

Sophie tituba dans la cuisine comme une figurante dans un film de morts-vivants. Elle se laissa lourdement tomber sur la chaise en face de moi, presque incapable de soulever sa tête de la table.

— La nuit a été dure? lui demanda maman.

— Mmmouais, marmonna Sophie.

— On aura peut-être besoin d'un jour ou deux pour nous habituer à dormir dans nos nouvelles chambres, dis-je à la place de Sophie, qui ne semblait pas en mesure de former des pensées toute seule, et encore moins des mots.

Papa déposa une assiette devant ma sœur. Elle prit une tranche de bacon, la porta à ses lèvres et la mâchouilla lentement, comme une vache mastiquant de l'herbe.

— Alors, demanda maman, vous avez des projets pour la journée? Vous allez sortir pour explorer les alentours?

Sophie continua de manger son bacon. Elle regardait fixement la table, comme si elle était inconsciente de notre présence.

— Ouais, répondis-je. Les gars de l'autre côté de la rue nous ont invités, et on s'est dit qu'on pourrait leur apporter des biscuits ou quelque chose du genre.

Je n'aimais pas mentir à nos parents, mais je savais que si je leur disais que nous voulions nous présenter aux voisins de la ferme, ils voudraient nous accompagner. Ils apprendraient alors la confrontation qui avait eu lieu la nuit précédente. Et ça ne devait pas arriver, du moins pas tout de suite.

— Avons-nous un de ces rouleaux de pâte à biscuits?

Maman fit claquer sa langue et porta son assiette dans l'évier.

— Il n'en est pas question, je ne laisserai pas mes enfants offrir à nos nouveaux voisins des biscuits faits avec de la pâte achetée, décréta-t-elle. Ils sont peut-être assez bons pour nous, mais pas pour nos nouveaux amis. Je vais vous aider à les préparer.

— Maman, dis-je le plus gentiment possible, tu ne sais pas cuisiner. Tu ne sais même pas comment faire des rôties.

— C'est seulement parce que votre père m'interdit de toucher à son grille-pain Darth Vader. Et tu sauras que j'étais une excellente cuisinière quand je l'ai rencontré et que j'avais plus de temps. Pas vrai, chéri?

Papa me regarda en souriant.

— Elle faisait un formidable Kraft Dinner.

— Tu peux le croire! s'exclama maman. Le poivre était mon ingrédient secret.

Elle fit le tour de la cuisine en ouvrant et en refermant les armoires au hasard.

— Bon, où sont les livres de recettes?

— Encore dans des boîtes, dit papa.

Maman entreprit une recherche sur son téléphone.

— Peu importe, le chef Google nous aidera. Ah! Voilà. La recette des « fameux biscuits aux pépites de chocolat de maman ». Parfait.

Elle parcourut le site Web sur lequel elle était tombée et se mit à lire en marmonnant.

— Ingrédients… Avons-nous?… Préparation… Sept étapes, super!… Retirer la plaque chaude du four, ça semble dangereux…

— Mon amour? murmura papa.

— Mmm?

— Je vais les aider.

— Merci.

— Pas de problème. Après tout, on a des biscuits, ajouta-t-il en montrant son tablier.

Maman sourit. J'éclatai de rire. Sophie grogna.

———

Sophie et moi étions au bout de notre allée. Ma sœur était peu à peu revenue à la vie en mangeant son déjeuner et, avec l'aide de papa, les biscuits avaient été prêts en un tour de main. Nous les avions mis dans une vieille boîte métallique et nous étions sortis peu de temps après. Nos parents avaient repris leurs tâches et ils ne nous verraient probablement pas aller chez les voisins plutôt que de l'autre côté de la rue. C'était du moins à espérer.

— Es-tu sûr de vouloir faire ça? me demanda Sophie. Le vieil homme était vraiment fâché. Il a menacé de nous tuer. Nous devrions peut-être faire semblant que ce n'est pas arrivé et les éviter désormais, lui et son cheval, comme il l'a dit.

Je hochai la tête et remontai la fermeture éclair de mon manteau pour me protéger du vent.

— On doit aller lui parler avant que les choses tournent mal. Ce n'est pas comme s'il habitait à l'extrémité de la rue ou à l'intersection. C'est notre voisin. On va le voir souvent et la situation risque de devenir intenable. Tu voulais juste donner quelques morceaux de pomme à son cheval, mais il a peut-être cru que tu essayais de... je ne sais pas... de le blesser ou autre chose. Je suis certain qu'il comprendra quand on lui aura expliqué que tu avais de bonnes intentions. D'ailleurs, il s'est probablement calmé pendant la nuit.

Sophie n'eut pas l'air totalement convaincue, mais elle hocha la tête et me suivit jusqu'au perron. Je lui tendis la boîte de biscuits.

— Pourquoi me les donnes-tu? s'étonna-t-elle.

— C'est toi qui nous as mis dans ce pétrin. À toi

de lui offrir les biscuits.

Elle soupira.

Je frappai à la porte.

— N'oublie pas, chuchotai-je. Aie l'air d'avoir des remords.

— Pourquoi j'en aurais? chuchota-t-elle à son tour.

— Tu veux qu'il sache que tu te sens coupable.

— Je ne me sens *pas* coupable, rétorqua Sophie en haussant le ton. Je n'ai rien fait de mal!

— Parle moins fort, dis-je en haussant moi aussi le ton. Et rappelle-toi qu'on est ici pour améliorer les choses, pas pour les aggraver. *Aie l'air d'avoir des remords.*

— *Toi*, aie l'air d'en avoir!

— C'est ridicule.

Sophie me remit la boîte de biscuits dans les mains et leva les bras.

— C'est fini! Oublie tout ça. Je m'en vais.

Elle se tourna pour partir en trombe.

— Attends! Tu as entendu?

Sophie secoua la tête.

— On aurait dit du bois claquant contre du bois. Ça venait d'en haut, ajoutai-je en pointant du doigt.

Nous reculâmes de quelques pas sur le perron en levant les yeux vers la fenêtre à l'étage. Celle-là même dans laquelle nous avions cru voir bouger quelque chose la veille.

Une personne au teint grisâtre et aux yeux ardents nous regardait.

CHAPITRE NEUF

Ce n'était pas l'homme que nous avions vu la nuit précédente.

C'était une vieille femme. Elle nous regardait d'un air si étrange que je ne pouvais pas dire si elle était surprise, fâchée ou simplement curieuse. C'était bizarre d'être là, levant les yeux vers elle qui baissait les siens vers nous. Personne ne bougeait, personne ne parlait. Je levai donc une main et l'agitai.

La vieille femme recula dans le noir sans me rendre mon salut.

—Je n'aime pas ça, dit Sophie. Je veux m'en aller.

—Où?

—N'importe où, mais je ne veux pas être ici.

—Ne t'en fais pas, elle doit être en train de descendre l'escalier pour nous ouvrir la porte.

Sophie secoua la tête.

— J'ai un mauvais pressentiment, dit-elle. Elle me fait peur.

— Ce n'est qu'une vieille femme. On n'a rien à craindre.

Je m'étranglai en prononçant le mot « rien ».

— Je m'en vais, dit Sophie.

Mais elle n'en eut pas la possibilité.

La porte s'ouvrit.

Juste un peu. De longs doigts osseux se glissèrent hors de la maison et agrippèrent le bord de la porte comme si la personne à l'intérieur avait peur que le vent l'ouvre à la volée. Comme si la personne à l'intérieur cachait quelque chose.

Je m'éclaircis la voix et reculai sur le perron.

— Je m'appelle Mathieu, m'dame, et voici ma sœur Sophie. Nous venons d'emménager dans la maison d'à côté et, bon, nous vous apportons des biscuits.

— Faits maison, précisa Sophie à contrecœur. Pas à partir d'un rouleau de pâte.

Je tendis la boîte.

Pour commencer, il n'y eut aucune réaction, puis la porte entrebâillée s'ouvrit un peu plus grand. La femme sortit sa tête et son cou pour mieux nous voir. Ses petits yeux enfoncés bougèrent de moi à Sophie et à la boîte.

— Ouvrez-la, dit-elle.

J'enlevai le couvercle et lui montrai le contenu de la boîte.

— Les « fameux biscuits aux pépites de chocolat de maman », cuisinés avec amour par papa. Et par nous. Même si maman n'a pas participé, elle a trouvé la recette sur Google, alors je pense qu'une partie du mérite lui revient aussi.

La femme plongea une main tremblante dans la boîte et prit un des plus petits biscuits. Elle le porta à sa bouche ouverte, mais avant d'en prendre une bouchée, elle s'arrêta et nous regarda, ma sœur et moi. Puis, curieusement, elle me le tendit.

— Toi, mange-le, ordonna-t-elle avec un sourire sinistre.

— Quoi?

— J'ai dit : mange-le. Je n'accepte pas de nourriture d'un inconnu. Si c'était empoisonné?

— Ce n'est pas...

— Si les biscuits sont bons à manger, tu n'as rien à craindre, m'interrompit la femme.

Je regardai Sophie, puis je haussai les épaules, acceptai le biscuit, en pris une grosse bouchée que je mastiquai et avalai.

— Vous voyez? Ils sont parfaits.

La femme hocha brusquement la tête, prit

la boîte et enfourna rapidement deux biscuits avant de remettre le couvercle. Elle les dévora incroyablement vite : on aurait dit un ours vorace tout juste sorti de son hibernation venant de tomber sur une carcasse de cerf ensanglantée.

— Merci, dit-elle, vaguement honteuse.

Elle essuya les miettes de biscuits sur ses lèvres et fronça les sourcils.

— Pourquoi m'avez-vous apporté ça?

— Comme je vous l'ai dit, nous venons d'emménager...

Elle me coupa de nouveau la parole.

— La vraie raison. Deux gamins auraient décidé de cuisiner des biscuits pour leur vieille voisine qu'ils n'ont jamais rencontrée? Tu ne t'attends quand même pas à ce que j'avale ça?

Je soupirai.

— Très bien, vous nous avez démasqués. Nous les avons apportés pour vous présenter nos excuses.

Je me tus et regardai Sophie. Comme elle restait muette, je lui donnai un coup de coude. Elle émergea de son état catatonique.

— Je suis désolée! s'égosilla-t-elle.

— Désolée de quoi? demanda la femme.

— Je... hum... je me suis faufilée dans votre cour hier soir, reprit Sophie. Je voulais seulement donner des morceaux de pomme à votre cheval.

— Sophie adore les chevaux et elle aime beaucoup Chimère, ajoutai-je pour rester dans cette veine optimiste. C'est un superbe animal.

— Vous avez vu Chimère? Comment savez-vous son nom? À qui avez-vous parlé?

Ses questions rapides me prirent au dépourvu. Je ne savais pas quoi répondre.

— Votre mari nous a dit son nom, expliqua Sophie.

— Mon mari?

Sophie fit un signe de tête affirmatif et baissa les yeux.

— Oui. Il est sorti en courant et nous a pourchassés. Il a dit... eh bien, il nous a dit de rester loin du cheval.

Il nous a dit qu'il nous tuerait si nous nous approchions de Chimère, pensai-je, mais Sophie a eu raison de ne pas le mentionner. Ça ne nous aurait été d'aucune utilité.

Même si ma sœur avait quelque peu édulcoré l'histoire, la femme parut décontenancée. Elle prit sa joue dans sa main et contempla son reflet dans la petite fenêtre de la porte.

— Mon mari, dit-elle. Oui, bien sûr. Je l'ai entendu sortir en courant hier soir. Il devait vous pourchasser, j'imagine.

— Et aujourd'hui, il ne vous a pas raconté ce qui s'est passé la nuit dernière? demandai-je.

C'était un peu bizarre. Normalement, il aurait dû en avoir parlé à sa femme.

En voyant l'expression sur le visage de celle-ci, je compris que j'avais eu tort de lui poser une question aussi personnelle. Elle entrouvrit la bouche et plongea son regard dans le mien comme pour sonder mon âme.

— Non, dit-elle, il ne m'a rien raconté. Il... il n'est pas ici. Je ne le vois jamais pendant la journée.

Jamais? J'étais surpris, mais cette fois, j'eus au moins le bon sens de garder mes réflexions pour moi.

Sophie sortit son cellulaire de sa poche.

— Désolée, dit-elle.

Elle plaça le téléphone devant son visage et pianota sur l'écran.

— J'ai reçu un texto de maman.

Elle rangea son téléphone et me regarda.

— Il faut partir. Elle veut nous voir.

— Qu'est-ce qu'elle a dit? demandai-je.

Sophie haussa les épaules, se tourna vers la femme et esquissa un petit sourire.

— Encore une fois, je suis désolée pour votre

cheval. Viens, ajouta-t-elle en me regardant.

Sophie se conduisait bizarrement. Quelque chose ne tournait pas rond, je le voyais bien. Maman devait être très fâchée contre nous, mais je n'avais aucune idée de ce que nous avions fait. Elle nous avait peut-être vus venir ici plutôt que de l'autre côté de la rue.

— Régalez-vous avec les biscuits, dis-je. Madame...? ajoutai-je, me rendant soudain compte qu'elle ne s'était pas présentée.

Elle ignora ma question.

— Merci, dit-elle.

Elle lança à Sophie un drôle de regard, puis elle claqua la porte.

— Bon, ça ne s'est pas passé aussi bien que je l'avais espéré, soupirai-je, les yeux fixés sur la porte close.

— On s'en va, vite, répondit Sophie.

Elle se précipita vers notre maison, mais une fois là, elle refusa d'entrer. Elle m'entraîna plutôt vers l'espace étroit entre chez nous et la maison neuve de l'autre côté.

— Je croyais que maman..., commençai-je.

Mais Sophie leva la main et me coupa la parole.

— La femme a bien dit qu'elle ne voyait jamais son mari pendant la journée? Qu'il n'était pas là?

Tu es d'accord?

Sophie était pâle et respirait rapidement.

— Ouais, répondis-je.

— Alors comment expliques-tu ceci?

Elle brandit son cellulaire.

Je le pris et examinai l'écran.

Sophie avait pris une photo quand nous étions debout sur le perron de la ferme. Je vis la porte ouverte, la femme et, derrière elle, le vieil homme qui nous fixait avec haine dans l'ombre du corridor.

CHAPITRE DIX

C'était sans contredit le vieillard qui était sorti en trombe de chez lui la nuit précédente, mais il paraissait un peu différent sur l'image.

Sa peau semblait beaucoup plus pâle et livide... au point qu'elle paraissait luire faiblement. Un anneau de lumière blanche entourant sa tête produisait une sorte d'effet lenticulaire. On ne distinguait que son visage, qui donnait l'impression de flotter dans le noir comme si l'homme n'avait pas de corps; l'ombre camouflait ses épaules, sa poitrine et ses membres. Et bien que l'image fût nette, le visage du vieillard était flou. Ses traits étaient estompés et ses yeux ressemblaient à deux taches charbonneuses.

Je rendis le téléphone à Sophie.

— Tu as pris cette photo quand tu as dit que maman t'avait envoyé un texto?

Sophie acquiesça.

— Il est apparu dès que j'ai dit à la femme qu'il nous avait pourchassés. Au début, j'ai cru que mes yeux me jouaient des tours parce que je ne voyais que son visage, mais il est resté là. Il continuait à nous épier. J'ai donc fait semblant de recevoir un message et j'ai pris la photo.

J'étais impressionné. Mon attention était demeurée sur la femme et je n'avais pas regardé à l'intérieur de la maison ou dans le corridor, essayant plutôt de comprendre pourquoi je me méfiais d'elle.

— La femme mentait donc quand elle a dit qu'il n'était pas là, qu'elle ne le voyait jamais pendant la journée. Je me demande quels autres mensonges elle nous a racontés.

— Elle m'a fait une drôle d'impression. Elle cachait quelque chose, c'est évident.

— Je pense comme toi. Elle était confuse à propos de leur relation. Au début, quand tu l'as mentionné, elle n'avait pas l'air de savoir de qui tu parlais.

— Ouais, tu as raison. Et elle n'a pas voulu nous dire son nom, je me demande pourquoi.

— Moi aussi.

Une rafale glacée souffla entre les maisons, me gelant le visage et les mains.

— Et je connais deux personnes susceptibles de nous aider.

Heureusement, les frères Russo étaient chez eux. Ils s'ennuyaient et ne furent que trop contents de parler avec nous de ces voisins inquiétants.

Christophe ouvrit la porte et nous conduisit au salon, où Nicolas regardait un épisode des *Hurleurs,* la série basée sur les livres. Dans celui-ci, Zoë Winter, une des actrices qui jouait un rôle récurrent dans la série, incarnait une fille qui pensait avoir été admise dans un hôpital moderne et découvrait à la fin de l'épisode qu'elle souffrait d'hallucinations et que, en plus d'être abandonné, l'hôpital était hanté. Je pris place sur le canapé en oubliant momentanément pourquoi nous étions ici.

— J'adore cet épisode, dis-je.

— Mathieu, on n'est pas venus pour regarder ce... peu importe ce que c'est, me rabroua Sophie.

L'ignorance de ma sœur me fit grimacer, mais elle n'avait pas tort. Je hochai la tête et me tournai vers Christophe et Nicolas.

— On vient de rencontrer la vieille femme qui vit à la ferme et, bon... montre-leur la photo, Sophie.

Elle déverrouilla son téléphone, retrouva la photo et la montra à Nicolas. Après avoir regardé l'écran, il haussa les épaules et, d'un air vide, il tendit l'appareil à son frère cadet.

— Qui est ce vieillard? demanda Christophe.

— Il vit dans la maison, répondit Sophie. Je crois qu'il n'y a que lui et sa femme.

— Sophie a pris la photo pendant que nous discutions avec elle à la porte. La femme a affirmé qu'il n'était jamais là pendant la journée. Je pensais qu'elle voulait dire qu'il travaillait de longues heures ou quelque chose du genre, mais c'est alors qu'il est apparu dans l'ombre derrière elle. Vous ne l'avez jamais vu?

— Non, jamais, répondit Nicolas. On n'a jamais vu personne là-bas. Vraiment personne. Juste ce cheval.

— Chimère, dit Sophie.

— Hein?

— Le cheval s'appelle Chimère.

— Vous avez parlé pas mal longtemps avec la femme, n'est-ce pas? demanda Nicolas.

— Bien, fit Sophie en étirant le mot comme une bande élastique, nous n'avons pas fait que ça. J'ai, comment dire, sauté par-dessus la clôture la nuit dernière et essayé de nourrir le cheval.

— Tu plaisantes? s'exclama Christophe, interloqué.

— Non, répondit Sophie en haussant les épaules,

l'air penaude.

— Héroïque! commenta Nicolas. Quel courage!

L'air coupable de Sophie se transforma aussitôt en fierté.

— Il semble un peu bizarre, fit remarquer Christophe, incapable de détacher son regard du cellulaire de Sophie.

— Et il se comporte bizarrement, renchéris-je. Il a complètement perdu les pédales et menacé de nous tuer.

— Eh bien, ça s'aligne avec l'histoire des enfants morts sur votre propriété, dit Nicolas. Si vous croyez à cette légende urbaine, bien entendu, ajouta-t-il après avoir vu l'expression inquiète sur mon visage.

Je me tortillai sur mon siège, me raclai la gorge, mais je restai muet.

— À quoi penses-tu? me demanda Sophie.

Elle me connaissait bien.

— C'est étrange. On a tous vu le cheval, mais vous deux n'avez jamais vu les gens, dis-je en pointant du doigt Chris et Nico. Ça signifie qu'ils sortent rarement de la maison, mais les chevaux ont besoin de beaucoup d'attention. Pas vrai, Sophie?

Elle acquiesça.

— Il faut les nourrir, les brosser, ils doivent faire de l'exercice, ils ont besoin de soins médicaux...

— Le vieux couple reste enfermé, continuai-je. Vous n'avez jamais vu ces gens dans le champ ou près de l'écurie! Alors, qui prend soin de Chimère? À moins que, bien sûr, Chimère n'ait pas besoin qu'on s'occupe de lui. Pas de nourriture, pas de brossage, rien.

Nicolas approuva d'un signe de tête.

— Parce que Chimère est le cheval que ces jeunes ont tué dans les bois derrière l'école, dit-il. Et il est revenu pour se venger.

— Si c'est vrai, dans ce cas ce n'est pas une mince affaire, parce que nous parlons d'un cheval fantôme alors que nous vivons dans le vrai monde, pas dans un conte de fées, dit Sophie. Le cheval en veut peut-être à tous les enfants. Du moins à ceux qui habitent à côté de chez lui.

— Peut-être, dis-je. Et peut-être que non. Mais juste pour rester en sécurité, tu ne sautes plus par-dessus la clôture, d'accord?

Christophe continuait d'examiner le téléphone de Sophie comme s'il devait répondre à un jeu-questionnaire et qu'il essayait de se remémorer chaque détail. Il ouvrit la bouche pour dire quelque chose. Mais un homme entra alors dans le salon.

Un sosie des garçons, en plus vieux. M. Russo, de toute évidence.

— Hé, les enfants! dit-il. Je ne savais pas que vous aviez invité des amis.

— Ouais, répondit Nicolas. Je te présente Mathieu et Sophie. Ils viennent d'emménager en face de chez nous.

D'un geste paternel, M. Russo prit Christophe par les épaules et le serra. Il regarda le téléphone dans la main de son fils. Son expression devint aussitôt grave.

— Où as-tu trouvé cette image?

— On ne l'a pas trouvée, répondit Christophe. C'est Sophie qui a pris la photo ce matin.

Incrédule, leur père éclata d'un rire sans joie. Visiblement, il ne croyait pas à l'explication de son fils.

— Elle vous a joué un tour. Et franchement, ce n'est pas drôle.

Sophie secoua la tête, les yeux écarquillés par la surprise.

— Je ne sais pas de quoi vous parlez.

— Elle a vraiment pris la photo ce matin, insistai-je, solidaire de ma sœur.

M. Russo croisa les bras et prit un air sévère. Il avait manifestement décidé de ne pas croire un mot de ce que nous disions.

— Impossible, décréta-t-il. Cet homme, Ernest Creighton, vivait avec sa femme dans la maison à côté de la vôtre.

Il se tut un instant, puis ajouta :

— Ils sont tous deux morts il y a plus de vingt ans.

CHAPITRE ONZE

Inutile de dire qu'un silence troublant s'installa dans le salon des Russo.

Nous avions été si concentrés sur la possibilité que Chimère fût un fantôme que nous n'avions pas pris la peine de nous demander si le vieux couple l'était aussi. Mais à présent que j'y réfléchissais, je n'en revenais pas d'avoir raté les signes avant-coureurs. Avec la peau livide et luisante de M. Creighton et la maigreur de sa femme, ils semblaient tous les deux morts.

Je demandai à M. Russo comment il avait reconnu Ernest Creighton, vu que ce dernier était décédé depuis si longtemps.

— J'ai grandi à Courtice, dans une maison pas très loin d'ici. Mes amis et moi pensions tous que la ferme Briar Patch était un endroit inquiétant, tout comme les jeunes le croient de nos jours. À la mort de M. Creighton, il y a eu un avis de décès dans le journal local. On disait qu'il avait succombé à un infarctus ou quelque chose comme ça. Mais des rumeurs ont bientôt commencé à circuler selon lesquelles cette mort était suspecte.

— Suspecte? m'étonnai-je.

— Ne t'en fais pas. Comme je l'ai dit, ce n'était qu'une rumeur... des gamins qui essayaient d'en effrayer d'autres. Les temps ne changent pas beaucoup, on dirait.

Il secoua la tête et sortit de la pièce.

— Je trouvais que le vieillard ressemblait à un fantôme, dit Christophe. C'est ce que j'allais dire quand papa est entré et qu'il a vu le téléphone.

— Ne vous inquiétez pas de ce que pense notre père, nous rassura Nicolas. On vous croit. La question est : qu'est-ce qu'on fait maintenant?

Personne n'en avait aucune idée.

⁓

Il était tard. Assis dans le salon, Sophie et moi discutions à voix basse. Nos parents étaient dans l'autre pièce.

— Mais elle a mangé les biscuits, dit Sophie. Les fantômes ne mangent pas, non?

Je haussai les épaules.

— Je ne sais pas. Je ne crois pas.

Je me creusai les méninges à la recherche d'une réponse.

— Attends, Gloutton mange. Beaucoup.

— Gloutton? Qui est-ce?

— *SOS fantômes*. Le rondouillet vert sans jambes.

— Ah oui! Tu as raison.

Sophie plissa son visage.

— Mais il n'est pas vraiment réel, n'est-ce pas?

— Avant hier, aurais-tu dit qu'un cheval fantôme était réel? N'importe quel fantôme, en fait?

— C'est un bon point.

Sophie regarda la ferme par la fenêtre.

— Alors, qu'est-ce qu'on fait maintenant? On en parle à nos parents?

— Ils ne nous croiront pas. Qui plus est, on leur a dit qu'on allait chez nos amis en face, ce matin, tu te rappelles? Je ne pense pas qu'ils seraient ravis d'apprendre qu'on leur a menti.

— Alors, quoi?

— À mon avis, le mieux est d'éviter la maison des Creighton pendant quelque temps. Ou plutôt pour toujours. Si nous ne les ennuyons pas, peut-être qu'eux non plus ne nous causeront pas d'ennuis. Et puis, espérons qu'ils sont attachés à leur maison ou quelque chose du genre et qu'ils ne peuvent pas s'aventurer hors de chez eux. Ernest ne nous a pas poursuivis de l'autre côté de la clôture hier soir.

Sophie hocha la tête, puis elle fronça les sourcils et fit la moue.

— Mais d'après l'histoire, ils sont venus ici et ont tué les deux garçons dans leurs lits.

— Je n'y avais pas pensé, soupirai-je.

— De quoi parlez-vous?

Mon estomac se contracta. Maman était debout à la porte du salon. Je ne savais pas ce qu'elle avait entendu de notre conversation.

Ni Sophie ni moi ne pûmes trouver une réponse convenable.

— Des enfants tués dans leurs lits? reprit maman.

Elle nous regarda à tour de rôle.

— T'a-t-il initiée à ces livres et films d'horreur qu'il affectionne?

— Ouais, répondit Sophie. Un peu, je suppose. On a regardé un épisode de... hum... *Frissons*, plus tôt aujourd'hui.

Heureusement, maman ne connaissait pas grand-chose à l'horreur. Papa, lui, aurait su que l'émission s'appelait *Hurleurs* et nous aurions été pris sur le fait.

Maman pointa le doigt vers Sophie.

— Eh bien, si tu fais des cauchemars cette nuit, tu t'arranges toute seule. Tu es trop grande pour dormir dans mon lit.

Je poussai un soupir de soulagement.

—⁓—

Plus tard ce soir-là, après avoir mis nos pyjamas et brossé nos dents, nous nous rendîmes dans nos chambres respectives. Après avoir éteint la lumière et attendu d'entendre des ronflements révélateurs dans la chambre de papa et de maman, Sophie se glissa dans la mienne. Nous avions convenu de nous retrouver une fois nos parents endormis. Je voulais montrer quelque chose à ma sœur.

Quand Sophie eut refermé silencieusement la porte, j'allumai ma lampe de chevet. Ma sœur avait l'air découragée.

— Qu'est-ce qui t'arrive? lui demandai-je, m'attendant à ce qu'elle me dise qu'elle était effrayée ou bouleversée à l'idée d'habiter à côté de deux morts et de leur cheval mort.

— Je dois maintenant regarder des films d'horreur avec toi, dit-elle, et lire des livres d'horreur, sinon maman aura des soupçons.

Je ris doucement.

— Allez, ils ne sont pas si terribles. Tu pourrais même les aimer.

Sophie secoua la tête.

— Je ne les aimais déjà pas, et maintenant... maintenant, je vis dans une histoire d'horreur.

— Tu connais maman : sa tête est toujours tellement pleine de chiffres et de listes qu'elle aura probablement oublié tout ce que tu as dit dans un jour ou deux.

— Je l'espère, dit Sophie avec un soupir. Qu'est-ce que tu voulais me montrer?

Je lui tendis la bande dessinée de *Batman* que j'avais trouvée la veille au soir. Sophie s'assit sur le lit à côté de moi et regarda le Gentleman fantôme avec sa cape, son haut de forme et son monocle, monté sur son cheval fantôme.

— Ce cheval te semble familier?

— Il ressemble à Chimère, dit Sophie. Mais il est blanc et un peu plus robuste. Et, hum, il brille.

— Exactement ce que je pense.

— Pourquoi me montres-tu ça? Ce n'est qu'une bande dessinée.

— QFB? Il y a peut-être quelque chose dans cette histoire qui nous aiderait à régler la situation avec Chimère et les Creighton. Un indice ou autre chose.

— Je croyais que nous ne devions plus les

approcher.

— Ouais, c'est la meilleure chose à faire. Mais s'ils étaient capables de venir jusqu'ici? S'ils pouvaient entrer dans la maison? S'ils avaient vraiment tué ces deux garçons?

J'allais dire *Nous devons être prêts à tout* quand je fus interrompu par le bruit de quelque chose qui tombait. Sophie et moi nous retournâmes brusquement, les yeux fixés sur la source du bruit. C'était venu de l'intérieur de mon placard.

— Qu'est-ce que c'était? chuchota Sophie, alarmée.

Comme la porte du placard était fermée, nous ne pouvions pas voir à l'intérieur.

Je secouai la tête et haussai les épaules, incapable de répondre. Dans le silence qui suivit, je commençai à avoir la chair de poule.

— Tu entends ça? demanda ma sœur en état de panique.

Je fis signe que oui. Derrière la porte, j'entendais vraiment chuchoter.

CHAPITRE DOUZE

Les chuchotements se turent soudain, comme si les personnes cachées dans le placard savaient qu'on les avait entendues.

Nous nous regardâmes fixement, Sophie et moi. Nous ne pouvions rien faire d'autre que respirer, et même cela se révélait difficile. J'avais depuis longtemps vaincu ma peur des monstres dans mon placard, mais voilà qu'un des pires cauchemars de mon enfance semblait prendre vie.

Nous attendîmes.

Rien n'arriva. Rien ne bondit hors du placard. On n'entendait plus aucun bruit à l'intérieur.

Je ne pus supporter le silence plus longtemps.

— A... A... Allô, dis-je d'une voix chevrotante. Qui est là?

Aucune réponse.

Sophie me regarda comme si j'avais perdu la raison. Je n'aurais jamais dû révéler notre présence, disait son regard. Mais j'éprouvais une telle curiosité que je ne pouvais pas rester muet.

—Nous savons qu'il y a quelqu'un. C'est ma chambre, alors vous feriez mieux de sortir maintenant, sinon...

Sinon quoi? Je n'en avais aucune idée. Je cherchais par-dessus tout à paraître fort et sûr de moi, mais je craignais d'avoir échoué sur les deux plans.

L'ordre que j'avais donné fonctionna peut-être. Ou peut-être que ce qui se trouvait dans mon placard ne fut aucunement intimidé par moi. Quoi qu'il en soit, la poignée de la porte tourna, la porte s'ouvrit en grinçant et quelque chose apparut.

Une main... petite, osseuse et blanche. Elle agrippa le cadre de la porte. L'obscurité du placard tenait la personne qui avait entrouvert la porte dans l'ombre.

J'étais la proie de deux forces opposées et également puissantes : le désir de me précipiter hors de la chambre, et la peur paralysante qui me tenait cloué au sol. Je regardai Sophie et elle semblait éprouver le même problème. Elle avait les yeux exorbités, la bouche pincée et elle avait poussé sa tête en arrière comme si elle essayait de s'éloigner le plus possible du placard.

Puis une voix venue du placard brisa le silence avec trois mots répétés trois fois, comme un chuintement d'abord presque inaudible qui s'amplifiait à chaque mot.

— Vous êtes morts, vous êtes morts, *vous êtes morts*.

— Qui es-tu? éructai-je. Qu'est-ce que tu attends de nous?

J'avais l'air désespéré et terrifié, mais ça m'était égal. J'étais *réellement* désespéré et terrifié.

— Tu ne nous fais pas peur, déclara Sophie. Alors sors de là ou va-t'en.

Elle avait les larmes aux yeux et les joues empourprées. Ses poings serrés frappèrent mon lit quand elle dit « va-t'en ».

La porte s'ouvrit un peu plus grand.

— Eh bien, dit la voix, si vous n'avez pas peur, vous devriez.

Je remarquai alors quelque chose d'étrange à propos de la main. Les ongles étaient mouillés, maculés d'un liquide foncé, presque noir. La main glissa de cinq ou six centimètres le long de la porte et laissa sur le bois une traînée non pas noire, mais rouge.

C'était du sang. J'eus un haut-le-cœur en le voyant. Puis je remarquai autre chose. Les doigts étaient curieusement disjoints, comme si chaque phalange avait été disloquée et chaque os, cassé.

Sophie me lança un regard, l'air de me demander : « Qu'est-ce qu'on fait? » Je haussai les épaules.

— Bien, dit la voix. Je vais sortir. Comme ça, nous pourrons... bavarder. Mais Jacques restera probablement dans le placard, si ça ne vous dérange pas. Il est facilement effarouché.

Jacques? pensai-je. *Qui est Jacques? Combien de personnes y a-t-il dans mon placard?*

Ne sachant pas quoi dire, je restai silencieux. Le silence est d'or, disait toujours maman, mais je ne suis pas sûr que c'était ce qu'elle avait en tête.

Après un bref moment d'hésitation, la porte s'ouvrit enfin. Un garçon sortit du placard et s'avança dans la lumière de ma chambre.

Dire qu'il avait l'air mal en point serait l'euphémisme de ma vie.

CHAPITRE TREIZE

Sophie et moi sautâmes sur nos pieds et nous ruâmes de l'autre côté du lit. Mon cœur battait à tout rompre, chaque douloureux battement résonnait dans mes oreilles et je me sentais étourdi de peur et de dégoût. Ma sœur ouvrit la bouche pour crier. Je me hâtai de couvrir sa bouche avec ma main et je la serrai dans mes bras, tant pour la tranquilliser que pour me réconforter. Je n'avais jamais eu aussi peur de ma vie.

Le garçon ne sortit pas du placard en marchant comme Sophie, les frères Russo et moi l'aurions fait. Il tituba plutôt. Comme un garçon qui parvient encore à marcher même s'il a les deux genoux cassés. Les chevilles aussi. Et les pieds. Il portait un pyjama dont le pantalon était ensanglanté et la jambe gauche, déchirée. Un fragment de tibia fracturé sortait par l'entaille. Je n'arrivais pas à croire qu'il se tenait debout, et encore moins qu'il pût marcher.

Non seulement ses jambes étaient-elles gravement blessées, ses bras l'étaient aussi. Et comme son pantalon, le haut de son pyjama était trempé de sang.

Étonnamment, son visage était intact. Pas même meurtri. Mais sa peau était blafarde et des cernes foncés pendaient sous ses yeux, faisant paraître ses orbites plus grandes qu'elles ne l'étaient. Ses yeux s'écarquillèrent lorsqu'il nous regarda de l'autre côté de la pièce, comme s'il venait de prendre conscience de quelque chose. Il regarda son corps brisé, ensanglanté, puis revint à nous.

— Je suis désolé, dit-il. J'oublie parfois de quoi j'ai l'air. Il y a... très longtemps que je n'ai pas parlé à quelqu'un. Sauf à Jacques, je veux dire.

D'un geste, il indiqua le placard.

Partagé entre l'ahurissement et l'horreur, je fus ensuite le témoin de la chose la plus démente que j'avais jamais vue, et la liste s'allongeait à chaque minute. Le garçon se pencha, leva sa main droite dans les airs au-dessus de son crâne et la passa sur son corps de la tête jusqu'aux orteils. Sa main guérit toutes ses plaies, effaça les ecchymoses et raccommoda ses os, mais elle fit plus que cela : elle nettoya le sang sur sa peau et répara ses vêtements.

Comme un garçon flambant neuf, il se redressa de toute sa hauteur.

— Comment as-tu fait ça? chuchotai-je.

Il haussa les épaules et baissa les yeux, l'air timide, tout à coup.

— Tu es un des frères qui habitaient ici, n'est-ce pas? demanda Sophie.

Je sus tout de suite qu'elle avait vu juste. Cela expliquait pourquoi il était ici et pourquoi il était aussi amoché. Une partie de moi avait du mal à y croire, mais on aurait dit que cette légende urbaine était vraie.

Le garçon acquiesça d'un signe de tête.

— Comment t'appelles-tu? reprit Sophie.

J'étais impressionné par le ton calme et égal de sa voix. En ce moment précis, j'étais pour ma part incapable de parler.

— Daniel, répondit-il. Tout le monde m'appelle Dani.

— Que t'est-il arrivé?

Après quelques faux départs, Dani nous raconta finalement son histoire. Comme les Russo l'avaient dit, Jacques, son frère jumeau, et lui vivaient dans une vieille maison de campagne qui se trouvait sur notre terrain. Un soir, très tard, ils avaient volé Chimère et l'avaient monté. Mais ils ne lui avaient pas tranché la gorge. Le cheval avait glissé sur une plaque de glace au sommet de la colline et était mal tombé sur une de ses pattes. Les garçons avaient mis pied à terre pendant que le cheval roulait au bas de la colline où il s'était écrasé contre le tronc d'un gros érable. Un craquement sonore avait fendu l'air et Chimère s'était affaissé.

— Mais on ne voulait pas le tuer, je le jure! conclut Dani. On voulait juste faire un tour. Les Creighton étaient toujours si hargneux et ne nous laissaient jamais nous approcher de Chimère. La chute... c'était un accident.

J'avais de la peine pour Dani et son frère. Ils avaient fait quelque chose qu'ils n'auraient pas dû faire, mais Dani le regrettait manifestement. Je savais ce qu'il ressentait. J'avais commis plein de fautes qui auraient pu avoir des conséquences néfastes. Ce n'était pas arrivé, heureusement. Personne n'est à l'abri du malheur.

Son frère. Les chuchotements que nous avions entendus dans le placard. Je l'avais complètement oublié.

— Est-ce que Jacques... hum... veut sortir maintenant?

Jetant un regard par-dessus son épaule, Dani inspecta l'obscurité dans le placard. Il se retourna vers nous et secoua la tête.

— Comment avez-vous...? commença Sophie avant de s'arrêter.

Elle déglutit, puis recommença.

— Et après, que s'est-il passé?

Dani secoua la tête. C'était comme si, vingt ans plus tard, il n'avait pas encore pris conscience de la réalité de la situation.

— Deux policiers se sont présentés à la porte le lendemain, mais comme nos parents ignoraient tout de notre escapade, ils ont juré que nous avions passé la nuit dans nos lits. Et j'ai affirmé que jamais je ne m'étais approché du cheval. La police nous a crus, mais M. Creighton m'a lancé un regard noir depuis son perron. Il savait. D'une façon ou d'une autre, il savait.

Dani soupira et fit passer son poids d'une jambe à l'autre en produisant une série de *crac* et de *pop*. Même si son corps *semblait* en meilleur état, il produisait des sons comme s'il était toujours aussi brisé.

— Cette nuit-là, je me suis réveillé un peu après trois heures. J'avais rêvé que M. Creighton s'était introduit dans la maison, qu'il avait parcouru le corridor et qu'il était entré dans ma chambre. Quand j'ai ouvert les yeux, j'ai su que ce n'était pas un rêve. Mais ce n'était pas M. Creighton qui se tenait à ma porte. C'était Chimère. Le cheval avait les yeux rivés sur moi comme s'il s'amusait de voir ma terreur. Et c'est alors qu'il a pris sa revanche.

Mon imagination combla le reste. Le cheval avait piétiné Dani dans son lit, ses sabots martelant son petit corps.

— Et après t'avoir tué, Chimère s'en est pris à ton frère? reprit Sophie.

Les yeux baissés, Dani acquiesça d'un signe de la tête.

— Pouvons-nous lui parler? demandai-je.

— Je vous ai déjà dit qu'il était facilement effarouché.

— Attends un instant, dis-je en repensant à la nuit précédente. Si Jacques est facilement effarouché... Étiez-vous ensemble dans le sous-sol hier soir à nous écouter parler, Sophie et moi? Jacques a fait tomber une poupée de l'étagère, n'est-ce pas?

Dani hocha la tête.

— Ouais, c'était mon frère.

Je contournai le lit et marchai vers le placard ouvert.

— Il n'a rien à craindre de nous. Jacques? Tu peux sortir.

— Non! rugit Dani.

Il bondit devant moi et me bloqua le chemin. Son visage exprimait la fureur à l'état pur. Il m'avait pris totalement au dépourvu et, l'espace d'un instant, je crus qu'il allait m'attaquer. Mais il se retourna, se rua dans le placard et claqua la porte derrière lui.

Silence.

Pour la deuxième fois cette nuit-là, mon cœur se mit à battre la chamade et j'eus l'impression que j'allais m'évanouir. Je m'assis sur mon lit et commençai à récupérer peu à peu.

— Eh bien, c'était vraiment étrange, commenta Sophie.

— Ouais, sans blague.

Nous restâmes un moment sans parler, puis Sophie esquissa un petit sourire.

— Cet endroit est peut-être moins ennuyeux qu'on le pensait.

Je pouffai de rire. Je me sentais soulagé, mais si j'y réfléchissais sérieusement, je savais que ce sentiment était superficiel. J'aurais préféré avoir déménagé dans une banlieue normale, endormie, banale, même si c'était la dernière chose que j'aurais voulue quelques jours plus tôt. En plus de vivre maintenant à côté d'une maison hantée, nous nous retrouvions dans une maison hantée.

Je sentais que des choses terribles étaient sur le point de se produire, mais je ne savais pas du tout comment les empêcher.

CHAPITRE QUATORZE

Sophie me proposa de dormir dans sa chambre cette nuit-là. Je refusai et l'assurai que tout irait bien. Elle s'en alla.

Je refermai la porte de ma chambre et j'éteignis la lumière. Je traversai la pièce en courant et sautai dans mon lit, effrayé à l'idée que quelque chose sorte de sous le lit et m'agrippe le pied. Ça ne m'était pas arrivé depuis l'âge de six ans.

Je remontai ma couette sous mon menton et regardai fixement le plafond, les murs, la fenêtre… partout sauf en direction du placard. Je fermai les yeux, mais ne parvins à rien voir d'autre que le cheval en train de nous écraser, Sophie et moi, nous réduisant en une bouillie sanglante.

J'ouvris les yeux.

Je me précipitai sans faire de bruit jusqu'à la chambre de ma sœur.

Le lendemain matin, la lumière filtra par la fenêtre de Sophie et m'éblouit. Je m'assis, un peu sonné, me frottai le visage, bâillai et pris lentement conscience de ce qui m'entourait. J'étais sur le plancher à côté du lit de Sophie, une couette roulée à mes pieds. Ma sœur était dans son lit, dos à moi.

J'avais mal dormi et mon cerveau mit un peu plus de temps que d'habitude à s'activer.

— Sophie, chuchotai-je. Réveille-toi.

Elle se tourna aussitôt vers moi.

— Ça fait quelque temps que je suis réveillée.

— Oh! D'accord. Écoute, je pense que nous devrions creuser un peu, voir ce que nous pouvons trouver à propos de Dani et des Creighton. Ça pourrait nous aider à savoir quoi faire. Prends ton cellulaire.

Elle le brandit.

— J'ai pris beaucoup d'avance sur toi, grand frère. Regarde ça.

Elle me tendit son téléphone.

Sur l'écran, je vis un article de journal datant d'il y a vingt-trois ans. Le titre indiquait : « Les parents de deux frères assassinés sont suspectés d'un double homicide ».

Je lus l'article pendant que ma sœur restait assise à me regarder.

— Euh… murmurai-je.

— Ouais! dit Sophie.

— Comme ça, la police a pensé que les parents les avaient tués parce que rien ne montrait que quelqu'un d'autre s'était introduit par effraction dans la maison.

Sophie hocha gravement la tête.

— Les fantômes n'ont pas besoin d'entrer par effraction, pas vrai?

— Les parents ont dû être atterrés. Non seulement avaient-ils perdu leurs deux fils, mais ils ont été accusés de meurtre.

— Si ça peut te consoler, j'ai lu un autre article selon lequel ils n'ont pas été condamnés parce qu'il n'y avait pas suffisamment de preuves contre eux.

— Ça me console un peu, j'imagine.

Sophie haussa les épaules, puis elle indiqua le téléphone dans ma main.

— Fais glisser la page à gauche et lis l'autre article que j'ai trouvé.

C'était l'avis de décès de M. Creighton, publié une semaine après l'article sur Dani et Jacques. Les faits importants me sautèrent aux yeux tandis que je me hâtais de lire le texte jusqu'au bout. Il avait succombé à un infarctus et l'article précisait qu'il serait enterré à côté de sa femme, Ariel, dans un cimetière de Toronto. C'était un court article qui ne révélait pas grand-chose... jusqu'à ce que j'arrive à la dernière phrase.

Je regardai Sophie, puis de nouveau son téléphone.

— « Ernest laisse dans le deuil sa fille Clara. »

— Ouais, dit Sophie en reprenant son téléphone. Ce qui laisse une question en suspens.

J'acquiesçai d'un signe de tête.

— Où se trouve Clara maintenant?

CHAPITRE QUINZE

Je fus soulagé quand on sonna à la porte cet après-midi-là et que je reconnus Nicolas et Christophe sur le perron.

— Hé! Mathieu, tu veux venir glisser? demanda Nicolas.

Debout derrière son frère, Christophe brandit sa luge, l'air de penser que j'avais besoin d'un indice visuel pour comprendre.

— Oui, oui et oui! m'écriai-je.

Ça m'était égal de paraître désespéré. J'étais content qu'on m'offre la possibilité de me sortir cette histoire de la tête.

— Je vais chercher Sophie, dis-je.

Dix minutes plus tard, nous étions tous les quatre sur la butte.

L'air sec et frais me brûlait les poumons à chaque inspiration. Mon nez et mes joues picotaient comme s'ils étaient en feu.

— Merci de nous avoir invités, dis-je en haletant après avoir gravi la colline pour la troisième fois.

— Pas de problème, répondit Nicolas. Tu avais l'air... euh... plutôt enthousiaste.

— Ouais, j'imagine qu'on peut le dire comme ça. Je ris pour montrer que j'étais à l'aise.

— Je commençais à me sentir enfermé.

— Vous n'êtes ici que depuis trois jours, me fit sèchement remarquer Nicolas.

— Comment dire? Ces trois jours ont été les plus étranges de ma vie. Et après que votre père nous a dit que M. Creighton et sa femme étaient morts, des choses encore plus bizarres se sont passées.

— Oh! Vraiment? s'exclama Christophe. Quel genre de choses?

— Hum... On a vu un autre fantôme? suggéra Sophie comme si elle n'était pas sûre que c'était vraiment arrivé.

— Un autre fantôme? Incroyable! s'écria Christophe.

— Chut! dis-je en jetant un coup d'œil par-dessus nos épaules, craignant que quelqu'un ne soit embusqué dans les buissons autour de nous.

— Où? insista Nicolas. Chez les Creighton?

— Non. Dans...

Je me tus, peu enchanté à l'idée de partager ma

chambre avec un mort.

— Dans ma chambre.

— DANS TA…

Cette fois, Sophie et Nicolas se joignirent à moi pour intimer à Christophe de baisser le ton. Ses joues rouges de froid devinrent encore plus rouges.

— Dans ta chambre? chuchota-t-il.

Je fis signe que oui.

— Et ce n'est pas tout. Il s'appelle Dani, et les histoires qu'on raconte sont vraies. Il vivait dans une maison sur notre terrain et il a été tué par le fantôme de Chimère.

Je m'interrompis et fronçai les sourcils. Je n'étais pas sûr que les frères Russo croiraient ce qui allait suivre et si oui, Christophe pousserait un tel cri que sa tête exploserait.

— Et Jacques, le jumeau de Dani, a l'air de vivre dans mon placard, lui aussi. Bon, pas *vivre*, je suppose, mais… ouais.

Christophe était maintenant sans voix, heureusement. Nicolas aussi.

— C'est comme ça qu'on a passé la journée, hier, conclut Sophie avec un petit sourire. Et vous?

Nous poursuivîmes en leur parlant des articles de journaux trouvés par Sophie et de la révélation qu'Ernest et Ariel avaient une fille. Les deux frères n'avaient jamais vu Clara dans la maison ni aux alentours. Comme ils nous l'avaient déjà dit, ils n'avaient jamais vu *personne* dans cette maison ou à proximité. Seulement Chimère.

— Je me sens vraiment mal, dit Christophe sur le chemin du retour tandis que nous traînions nos luges dans la gadoue des trottoirs.

— Pourquoi? demanda Nicolas.

— Je n'arrête pas de me demander ce que Clara est devenue. Elle était peut-être très jeune lors de la mort de ses parents. Plus jeune que nous, peut-être.

— Imagine que papa et maman meurent, dit Sophie, une note de tristesse dans sa voix. Que nous arriverait-il?

Je haussai les épaules. Je n'avais jamais envisagé cette possibilité auparavant. Sans en avoir conscience, j'imagine que j'avais toujours cru que nos parents étaient invincibles.

— Je ne sais pas. Nous irions habiter chez grand-papa, ou chez tante Suzanne et oncle Henri, je suppose.

— Si on nous laissait le choix, j'irais chez tante Suzanne et oncle Henri.

— Pourquoi?

— Ils ont un plus gros téléviseur.

— C'est vrai, mais grand-papa vit en Floride, à deux heures de Disney World.

— Ohhh! Tu as raison. C'est grand-papa qui gagne.

Nicolas donna un coup de coude à son frère.

— La mort de leurs parents ne les bouleverse pas trop, on dirait, dit-il avec un sourire.

Mais Christophe n'était pas d'humeur à plaisanter.

— J'ai seulement pitié de Clara et je me demande où elle est allée.

Ses yeux se remplirent de larmes et il s'essuya le nez du revers de son gant.

— Ça me rappelle Andréa, reprit-il avec une voix si basse que je l'entendis à peine.

— Qui est Andréa? lui demandai-je doucement.

Je sentais que c'était une question très personnelle, mais Christophe l'avait amenée sur le tapis. Nicolas répondit pour son frère.

— C'était...

— C'est, l'interrompit Christophe.

— C'est notre petite sœur. Elle est morte.

Sophie poussa un cri étouffé.

— Je suis vraiment désolé, dis-je.

— Ça va, dit Nicolas. C'est arrivé il y a trois ans. Elle est morte à sa naissance.

— Moi aussi, je suis désolée, dit Sophie. C'est terrible.

— C'était terrible, rectifia Christophe. Papa et maman ont mis un temps fou à s'en remettre, et ils continuent à se disputer beaucoup plus souvent qu'avant.

Je jetai un coup d'œil à Nicolas. Il avait plissé les yeux et serré la mâchoire.

— J'ai toujours eu l'impression qu'Andréa était seule quelque part, reprit Christophe. J'étais certain que son âme, son esprit ou quel que soit le nom que vous voulez lui donner existait toujours, qu'elle était perdue et terrifiée.

Je pensai que Christophe allait complètement s'effondrer, mais il s'essuya le nez, frissonna et soupira. L'expression de souffrance disparut lentement de son visage. Nicolas lui donna une tape sur l'épaule.

— Allons nous réchauffer et jouer à des jeux vidéo. Vous voulez venir, vous deux?

Je n'étais pas pressé de rentrer chez nous… surtout avec les fantômes dans ma chambre… mais après la triste histoire de Christophe, je me dis qu'il serait malvenu d'aller là-bas. Comment pouvais-je refuser d'une manière subtile?

Ça n'avait pas d'importance. Sophie parla pour moi.

— Bien sûr, dit-elle.

Christophe parut plus serein dès que nous entrâmes dans la maison et allumâmes la console de jeu. Je saisis une manette et m'efforçai d'oublier les événements des derniers jours.

⁓

Avec le recul, je me rends compte que passer quelques heures à jouer à un jeu appelé *Tueur de fantômes*, dans lequel un chasseur de fantômes enquêtait sur une suite apparemment sans fin de maisons hantées tout en affrontant différentes sortes de fantômes, de spectres, d'esprits et de démons, n'était pas la meilleure façon de libérer l'esprit de Christophe de la perte de sa sœur. Ce n'était pas non plus une bonne idée pour surmonter ma peur de dormir dans ma chambre avec l'esprit de Dani dans mon placard.

Inutile de préciser que j'acceptai quand Sophie me proposa de dormir sur le plancher de sa chambre pour la deuxième nuit d'affilée.

— Quand nous commencerons l'école la

semaine prochaine, je t'en prie, ne raconte pas ça à personne, dis-je en me glissant sous la couette.

— Je garderai ton secret.

— Merci. Et merci.

— Deux mercis?

— Merci de garder le secret, et merci de me laisser dormir de nouveau dans ta chambre.

— De rien. Tu peux dormir ici aussi longtemps que tu veux.

— Mais si je le fais trop longtemps, papa et maman s'en apercevront. Que diront-ils? Il faut nous occuper de Dani.

— Il n'avait pas l'air très dangereux, me fit remarquer Sophie.

— Non, mais Jacques me fait peur. Pourquoi refuse-t-il de sortir? Et pourquoi Dani ne veut-il pas que je le voie?

Sophie hocha la tête.

— Ouais, Jacques donne la chair de poule.

Elle prit la bande dessinée de *Batman* sur sa table de chevet et la feuilleta.

— Que penses-tu de ça? me demanda-t-elle après un moment.

— Quoi?

Je me redressai et regardai par-dessus le bord de son lit pour voir la bande dessinée posée sur ses genoux.

Sophie me montra une page.

— Le nième métal. Batman a plein d'armes fabriquées avec ça. Il semble que ça peut blesser le Gentleman fantôme et son cheval. Ça marcherait peut-être avec les Creighton, Chimère et même avec Dani.

Je poussai un soupir et me recouchai.

— Bien sûr que ça pourrait fonctionner. Sauf pour trois raisons : nous n'avons pas de nième métal, ça vient de l'espace et ça n'existe pas réellement.

— Eh bien, désolée d'avoir essayé de me rendre utile, dit Sophie, l'air vexée.

Je me rassis.

— Excuse-moi. Merci d'avoir essayé.

Elle haussa les épaules, prit son téléphone et tapa quelque chose sur l'écran.

— Oh! Regarde, dit-elle en faisant défiler des sites Web. Je viens de demander à Google si le métal chasse les esprits. Devine quel site Web est apparu en premier. « Pourquoi le fer chasse-t-il les esprits? »

Je levai les mains.

— Sincèrement, je suis désolé. Je ne voulais pas te rabrouer.

Mais Sophie ne m'écoutait plus. Elle était retournée à la bande dessinée.

J'allais de nouveau lui présenter mes excuses quand elle dit :

— Hum.

— Qu'y a-t-il?

— Rien.

— Non, sérieusement, qu'y a-t-il?

Elle soupira.

— À la fin, ce n'est pas Batman qui vient à bout du Gentleman fantôme. Ni même Superman, Wonder Woman ou la Lanterne verte. C'est l'armée d'esprits que le Gentleman tentait de contrôler pour les faire obéir à ses ordres. Ils se sont retournés contre lui et l'ont renvoyé dans un lieu appelé le monde souterrain.

C'est alors que mon téléphone vibra. Nicolas m'avait envoyé un texto.

AU SECOURS!!!

CHAPITRE SEIZE

Je répondis aussitôt.

> Où es-tu?

— Qu'est-ce que c'était? voulut savoir Sophie.

— Un message de Nico. Il a besoin d'aide.

— Qu'est-ce qui se passe?

— Je n'en sais rien.

— Où est-il?

— Je ne…

Mon téléphone vibra de nouveau.

> Dans ta cour.

— Vite, dis-je à Sophie. La cour.

En silence, nous descendîmes à la hâte pour prendre nos manteaux et enfiler nos bottes avant de sortir. La neige crissa sous nos pas tandis que nous contournions en vitesse la maison pour atteindre la cour. Je vis immédiatement Nicolas. Il était debout contre la façade comme pour se protéger du vent.

Ou peut-être essayait-il de rester caché. Les yeux humides, écarquillés, il semblait terrifié.

— Quel est le problème? demandai-je en jetant un coup d'œil aux fenêtres à l'étage. Heureusement, la chambre de nos parents se trouvait de l'autre côté de la maison et j'espérais qu'ils ne nous entendraient pas.

— Il n'était pas là, dit Nicolas en secouant la tête. Il est parti. Qu'est-ce qui lui a pris?

— Qui? demanda Sophie. Christophe?

Nicolas hocha frénétiquement la tête.

— Il faut l'aider. Il faut faire quelque chose.

— Où est-il allé? demandai-je.

Mais je le savais déjà.

Nicolas regarda derrière Sophie et moi, et indiqua quelque chose par-dessus nos épaules.

La maison des Creighton.

⚯

Nicolas nous renseigna pendant que nous nous approchions furtivement de la ferme Briar Patch à la recherche d'un signe de Christophe dans le champ qui séparait nos maisons. Nous n'en vîmes aucun.

— Il parlait encore de Clara et d'Andréa quand

nous sommes allés nous coucher. J'ai essayé de lui dire que si Clara était un bébé à la mort de ses parents, quelqu'un se serait occupé d'elle et elle serait maintenant une adulte, mais il n'a pas voulu m'écouter. Il était dans son propre monde et répétait qu'il devait découvrir la vérité. Je n'aurais jamais cru qu'il se lèverait et se faufilerait dehors au milieu de la nuit. J'avais fait un rêve étrange à son sujet. Je suis donc allé dans sa chambre. Elle était vide.

— Comment sais-tu qu'il est sorti de la maison? demandai-je. Il pourrait être dans la salle de bains.

— Il a empilé des oreillers sous ses draps pour avoir l'air d'être dans son lit. On ne fait pas ça quand on va faire pipi.

— Regardez, dit Sophie.

D'un geste, elle indiqua la rue brillamment éclairée par les lampadaires. Une couche de neige fraîchement tombée couvrait l'asphalte. À part quelques traces de pneus, la neige était intacte. Au début, c'est la seule chose que je remarquai, mais je vis ensuite ce qui avait attiré l'attention de Sophie. Des traces de pas allaient de la maison de Nicolas à la nôtre, et d'autres de la maison de Nicolas à celle des Creighton. Je suivis les deuxièmes du regard : elles conduisaient à la porte d'entrée de la ferme, puis se dirigeaient dans la cour. Les traces ne revenaient pas à l'avant de la maison.

— Qu'as-tu fait, Chris? marmonna Nicolas.

Je scrutai le champ et jetai un coup d'œil dans l'écurie sans voir aucun signe de Chimère. D'une certaine façon, ça empirait encore les choses. J'aurais préféré savoir à quoi nous étions confrontés et j'avais l'impression d'ignorer encore bien des choses à propos de la maison d'à côté.

Il aurait été plus facile de rebrousser chemin. Je me serais senti plus en sûreté caché dans ma maison jusqu'au matin en faisant semblant que tout allait bien. Mais je ne pouvais pas faire ça. Chris et Nico étaient nos amis, nos seuls amis dans le voisinage.

Nous devions aider Christophe. J'avais besoin de passer à la vitesse supérieure et d'être le genre de personne que j'admirais tant dans les films et les livres.

— Je ne sais pas ce qu'il a fait, mais il n'y a qu'une façon d'en avoir le cœur net, dis-je à Nicolas. Allons le découvrir.

CHAPITRE DIX-SEPT

Je conduisis Sophie et Nicolas à l'arrière de
la ferme des Creighton, où nous retrouvâmes les
traces de Christophe. Elles étaient assez éloignées
les unes des autres. Il avait couru. La piste menait
à une fenêtre coulissante au sous-sol.

— Là-bas, dis-je en faisant signe aux autres de
me suivre.

La fenêtre était encore entrebâillée. Je l'ouvris
en la faisant glisser. L'ouverture était étroite, mais
nous étions tous trois assez minces pour nous
faufiler à l'intérieur.

— Bon, dis-je. J'entre le premier.

— Attends. C'est quoi, le plan? voulut savoir
Sophie.

— Le plan? On entre, on trouve Christophe et on
sort. C'est tout.

Qui avait le temps d'imaginer un plan?

Peu rassurée, Sophie hocha pourtant la tête en

signe d'assentiment.

Nicolas avait toujours les yeux écarquillés, mais ses nerfs semblèrent se calmer un peu.

— Merci.

— Tu nous remercieras quand nous aurons retrouvé ton frère, répondis-je.

La fenêtre ouverte évoquait une bouche attendant de nous avaler. Une bouffée d'air qui paraissait étrangement plus froid que le vent dehors sortit du sous-sol. Je ne voyais absolument rien à l'intérieur. Que la noirceur.

On entre. On trouve Christophe. On sort.

J'hésitai. Étais-je vraiment capable de faire ça? Je n'avais aucune idée de ce qui m'attendait dans la vieille maison.

Quelque chose effleura mon bras. Je sursautai. C'était Sophie. Elle avait mis sa main sur mon épaule et me regardait avec un pâle sourire.

— Tu en es capable, dit-elle. On est avec toi. QFB?

Je hochai la tête. Mes craintes ne s'évanouirent pas comme dans les films. Elles étaient encore bien présentes à l'intérieur de moi, mais je les repoussai et les couvris. J'espérais qu'elles resteraient ainsi assez longtemps pour me permettre de faire ce qui devait être fait.

— QFB, dis-je.

— QFB? répéta Nicolas, manifestement déconcerté.

— Peu importe.

Sans perdre davantage de temps, je me glissai par la fenêtre et plongeai dans la noirceur.

J'eus ma première surprise lorsque mes pieds touchèrent le sol. Il était mou. Pas en ciment, comme je m'y étais attendu. En terre. Je fis un pas de côté et aidai Sophie à descendre, puis je tendis la main à Nicolas. Il la refusa et sauta tout seul.

Un doux clair de lune bleuté illuminait leurs visages, mais c'est à peu près tout ce que je voyais. Mes yeux avaient besoin de temps pour s'adapter à l'obscurité, mais je n'avais pas une seconde à perdre. Christophe était peut-être en danger. Non, Christophe *était* en danger. Ce n'était pas un lieu sûr, et il était seul. Je visualisai Dani et Jacques dans leurs lits, leurs corps écrabouillés, mutilés, ensanglantés. Combien de temps Christophe avait-il avant de connaître le même sort?

Nous devions le trouver, et nous devions le trouver vite.

— Si seulement on pouvait suivre ses traces

comme on l'a fait dans la neige, dis-je.

— Si seulement on pouvait *voir*, ajouta Nicolas. C'est tellement sombre ici.

— Avez-vous vos téléphones, les gars? demanda Sophie. J'ai laissé le mien dans ma chambre.

Nicolas et moi sortîmes nos cellulaires de nos poches. J'allumai la lumière un instant avant lui.

Sophie haussa les sourcils en souriant.

— Allez, dis-le, lâchai-je.

— Quelqu'un doit être le cerveau du groupe.

Je hochai la tête. Nicolas et moi examinâmes le sous-sol.

Le sol de terre était inégal. Les vieux murs de pierre s'effritaient. Des tuyaux et des poutres en bois rugueux s'entrecroisaient au-dessus de nos têtes. Un escalier branlant conduisait à l'unique porte.

Dans un coin, il y avait un ancien poêle à bois pourvu d'un gros tuyau noir qui montait jusqu'au plafond. Aucune chaleur ne s'en dégageait. Le froid faisait trembler mes doigts. De la buée blanche sortait de nos bouches et de nos narines à chaque expiration.

Des fers à cheval étaient suspendus à des crochets sur le mur et une panoplie d'équipement (quelques selles, une pile d'étriers, des rênes) s'entassait sur le sol.

Je me retournai et frémis. J'eus besoin de toutes mes forces pour ne pas hurler et laisser tomber mon téléphone. Dans un visage couvert de toiles d'araignée, deux yeux morts, noirs, me regardaient.

C'était une vieille statue artisanale du père Noël en papier mâché. Sa peau était plissée et craquelée. La statue semblait avoir été grignotée par les souris au fil des ans.

— C'est la plus effrayante décoration de Noël que j'aie jamais vue, dis-je.

— Encore plus effrayante que tout ce que j'ai vu dans les *Hurleurs*, renchérit Nicolas.

Une partie de moi voulait tourner le dos au père Noël et le chasser de mon esprit, alors qu'une autre partie voulait garder à la fois la lumière et mon regard sur lui pour m'assurer qu'il ne clignerait pas des yeux, qu'il ne bougerait pas quand je me détournerais. Après un bref combat intérieur, je m'éloignai à contrecœur.

De vieux meubles couverts de poussière étaient remisés dans un coin : trois chaises en osier, une petite table en bois et une lampe sur pied sans abat-jour. Son ampoule était cassée. Des fragments de verre saillaient de la douille.

— Une vraie soue à cochons, commenta Sophie.

J'étais d'accord avec elle; cet endroit était un dépotoir.

— Hé! Regardez la lampe, dis-je en la pointant du doigt. L'ampoule est cassée, mais le fil est branché.

Le fil électrique était branché à une rallonge qui montait sur le mur, et cette rallonge était elle-même branchée à un interrupteur vissé sur une des poutres du plafond.

— À mon avis, la table et les chaises ont été mises là pour être utilisées, on ne les a pas simplement entreposées.

— Pourquoi quelqu'un voudrait-il s'asseoir ici dans la poussière? s'étonna Sophie.

Quelque chose de gros détala entre nous et les meubles.

Cette fois, je poussai un cri. Sophie et Nicolas aussi.

C'était un opossum de la taille d'un gros chat. Sa fourrure était grise, son museau, long et blanc. Comme le père Noël, il avait les yeux noirs comme de l'encre. Il ouvrit sa gueule, exposant des dents pointues, et siffla dans notre direction. Il se mit ensuite à courir dans le sous-sol et fit tomber la statue du père Noël.

Je n'eus pas le temps de reprendre mon souffle ni de calmer mes nerfs. Le père Noël cachait quelque chose. Dans un coin, deux croix de bois étaient plantées dans le sol en terre.

CHAPITRE DIX-HUIT

— Qu'est-ce que c'est? demanda Nicolas.

Sophie déglutit.

— Des croix, répondit-elle à voix basse.

— Je t'en prie, dis-moi qu'elles sont fausses, dit
Nicolas. Un genre de décorations d'Halloween.

— Si c'étaient des décorations, elles ne seraient
pas enterrées ici.

Je m'approchai des croix d'une démarche
hésitante.

— Il y a un nom gravé sur chacune d'elles.

Ernest Creighton.

Ariel Creighton.

Sophie secoua la tête.

— Ils sont enterrés dans le sous-sol? Non
seulement c'est choquant, mais l'avis de décès
disait qu'ils étaient inhumés dans un cimetière de
Toronto.

Une ancienne photo craquelée était clouée sur

chaque croix. Les visages d'Ernest et d'Ariel me dévisageaient sévèrement et leurs yeux noirs et blancs semblaient pénétrer jusqu'à mon âme.

— Ils ont l'air d'avoir le même âge que leurs fantômes, fit remarquer Sophie.

J'éclairai les images avec ma lumière pour examiner les Creighton. La photo d'Ariel était abîmée sur sa joue gauche. Leurs yeux semblèrent me suivre quand je bougeai les photos d'un côté à l'autre. Mais malgré cet effet et l'impression qu'ils sondaient mon âme, leurs yeux paraissaient...

— Leurs yeux ont l'air morts, dis-je.

Je fis passer mon ongle sur la joue d'Ariel sans sentir·aucune inégalité. J'y regardai de plus près et j'eus un haut-le-cœur.

— Ces photos ont été prises après leur mort.

Sophie regarda par-dessus mon épaule.

— Tu as raison, je pense, marmonna-t-elle, dégoûtée.

— Comment le sais-tu? demanda Nicolas.

D'un geste, j'indiquai la joue d'Ariel.

— Sa chair se décomposait quand on a pris cette photo. On voit ses dents à travers ce trou.

Je constatai que les cheveux d'Ariel étaient répandus autour de sa tête, sur le sol. Je regardai à mes pieds.

— Est-ce le même sol que sur les photos? demandai-je.

Sophie et Nicolas étudièrent les photos, puis le sol, avant de se détourner des croix pour vérifier s'ils voyaient un mouvement subtil dans la terre.

— Elle semble un peu différente de ce à quoi elle ressemblait l'autre jour, dis-je.

— Ouais, approuva Sophie en montrant la photo. Ça, c'est un cadavre. Nous, on a parlé à son fantôme. Tu as vu comment Dani pouvait changer son apparence.

La mention du nom de Dani pendant que j'étais debout à côté de deux tombes dans le sous-sol des Creighton et que je regardais deux photos de personnes décédées fit monter mon niveau de panique.

Boum, boum, boum.

Les battements de mon cœur résonnaient si fort dans mes oreilles que je n'aurais pas été surpris que Sophie et Nicolas les entendent.

Boum, boum, boum.

La bouche ouverte, ils étaient tous les deux silencieux. Ils se regardèrent, puis me regardèrent.

Je commençais à me demander s'ils pouvaient vraiment entendre battre mon cœur.

J'étais sur le point de faire une blague quand Nicolas parla.

— Vous entendez ça?

Sophie leva les yeux vers le plafond.

— Des pas.

Boum, boum, boum.

⌇

Nicolas et moi éteignîmes nos téléphones et nous attendîmes tous les trois dans le noir pendant ce qui nous parut une éternité. Nous ne parlions pas de peur d'être découverts. Mais si quelqu'un s'était trouvé dans la cave avec nous, notre respiration bruyante nous aurait trahis.

J'allais demander aux autres ce que nous devrions faire quand je perçus une conversation étouffée au-dessus de nos têtes. Sans parvenir à distinguer les mots, j'entendais deux voix distinctes : celle d'une vieille femme, et celle d'un jeune garçon épouvanté.

— C'est Chris, dit Nicolas.

— Avec Ariel, ajouta Sophie.

Une lumière s'alluma à l'étage et filtra à travers les fissures de la porte du sous-sol.

Je posai un doigt sur mes lèvres pour indiquer à Sophie et à Nicolas de rester silencieux, puis je leur fis signe de me suivre. Nous gravîmes lentement l'escalier en nous efforçant de ne pas mettre trop de poids sur les marches à chaque pas. Une ou deux marches craquèrent bruyamment. J'espérai que la porte close suffirait à bloquer le bruit.

Dès que j'atteignis la dernière marche, deux pieds passèrent de l'autre côté, projetant leur ombre sous la porte. Je me figeai jusqu'au moment où j'entendis Ariel reprendre la parole. J'appuyai mon oreille contre la porte. Sophie et Nicolas firent de même à ma droite et à ma gauche.

— Puisque tu ne peux pas t'en aller, tu fais aussi bien de parler, dit Ariel.

— Laissez-moi partir, je vous en prie, la supplia Christophe.

— Je te propose un marché : tu me dis pourquoi tu t'es introduit chez moi, et je te laisserai t'en aller.

Silence. J'imaginai Christophe en train de décider si Ariel lui disait ou non la vérité.

— Vous me le promettez?

— Croix sur mon cœur, si je mens je meurs.

— Ne la crois pas, Chris, chuchota Nicolas, les dents serrées.

Mensonge ou vérité, Christophe choisit de la croire.

— D'accord. Mes amis et moi avons appris ce qui vous est arrivé ainsi qu'à Ernest. Je suis venu pour découvrir ce qu'est devenue votre fille.

— Ma fille? rétorqua Ariel en gloussant. Merci. J'avais besoin de rire. Je ne sors pas beaucoup... c'est-à-dire jamais.

Il y eut une autre pause, et j'imaginai Ariel fixant un regard froid sur Christophe.

— Tu as dit que tes amis ont appris des choses sur Ernest et moi. Qu'entendais-tu par là?

— Il est mort après que deux garçons ont tué accidentellement Chimère. Ernest et vous... le cheval aussi... êtes des fantômes.

— Tu as un peu raison, dit lentement Ariel. Et un peu tort.

— Où est-elle? insista Christophe. Où est Clara? Lui avez-vous fait du mal? L'avez-vous enfermée quelque part dans cette maison pendant toutes les années qui ont suivi votre décès?

— Clara est... Clara va très bien, répondit Ariel. Puis-je te demander ce que tu ferais si tu la retrouvais, bien vivante et adulte?

Silence.

— Ne fais pas ça, Chris, murmurai-je. Ne lui dis pas la vérité.

— Je... hésita Christophe. Je la ferais sortir d'ici. J'appellerais les policiers et je leur dirais ce qui se passe ici.

— Je te remercie de ta franchise, répondit Ariel en soupirant. L'honnêteté est si rare de nos jours, surtout chez les enfants. Tiens, prends, par exemple, ces deux gamins qui ont « accidentellement » tué Chimère, selon toi. Ils ont déclaré qu'ils voulaient juste aller faire un tour et qu'ils n'avaient pas voulu faire de mal à Chimère. Ils mentaient. On ne peut pas faire confiance aux garçons. Ils voulaient *blesser* mon cheval.

— Quand vous l'ont-ils dit? Ils ont été tués dans leur sommeil par le fantôme de Chimère.

— Comment le sais-tu? Et, s'il te plaît, n'oublie pas ce que j'éprouve à propos de la franchise.

— L'esprit de Dani, un des deux frères, est toujours dans la maison d'à côté. Il a tout raconté à mes amis.

— Le fantôme de Dani est là depuis toutes ces années? Il ne mérite pas de rester ici. Il aurait dû être envoyé directement dans le royaume souterrain, lança Ariel, dégoûtée. Je te crois, alors je vais te confier à mon tour un secret. C'est vrai, Chimère les a piétinés dans leurs lits. Mais j'étais là, cachée dans le corridor, quand ils l'ont supplié d'épargner leurs vies et qu'ils ont menti à propos de ce qu'ils avaient fait... Oui, ils ont essayé de raisonner un cheval, qui plus est, un cheval mort. Comme ta tentative de sauver ma *fille*, ça m'a fait beaucoup rire.

— Vous étiez là? Et vous avez laissé Chimère les tuer?

— Mon cher enfant, dit Ariel, je n'ai pas laissé Chimère les tuer. C'est moi qui l'ai poussé à le faire. C'était toujours un cheval si gentil, si obéissant. Même dans la mort. Et je crois le moment venu de te le prouver.

Le raclement d'une chaise sur le plancher fut suivi par le fracas d'une chaise qui tombait.

— Allons faire un petit tour dans l'écurie, dit Ariel.

CHAPITRE DIX-NEUF

Nicolas agrippa la poignée de la porte, mais je l'empêchai de l'ouvrir.

— Attends, dis-je. Si on se précipite là-dedans maintenant, elle aura l'avantage.

— Comme ça, tu veux juste rester ici les bras croisés? riposta Nicolas avec colère, ce qui était compréhensible.

— Non, dis-je. Si nous nous hâtons, nous pouvons retourner à la fenêtre, arriver à l'écurie avant eux et piéger Ariel dès qu'elle entrera.

Même si nous arrivions à l'écurie les premiers, je ne savais toujours pas comment arrêter un fantôme. J'espérais que Nicolas et Sophie avaient moins peur que moi.

Tous les deux hochèrent la tête de haut en bas.

En descendant l'escalier, je sortis mon téléphone de ma poche. Pas pour éclairer mon chemin, mais pour faire un appel.

— Les choses sont devenues incontrôlables. On aurait déjà dû appeler la police.

Arrivé à la dernière marche, je composai le 9-1-1 et posai le pied sur le sol de terre.

Je portai le téléphone à mon oreille et l'entendis sonner une fois.

Ce fut tout. Mon cellulaire émit un craquement et siffla. Il était mort.

Au même instant, je ressentis une douleur vive à mon poignet. C'était une sensation de froid si intense qu'elle brûlait. Le froid glacial se répandit dans mon avant-bras, au-dessus de mon coude et gagna mon épaule. Sophie et Nicolas poussèrent un hurlement comme si on leur avait plongé un long couteau dans la poitrine. Quelqu'un l'avait peut-être fait... j'étais incapable de bouger ou de tourner la tête pour vérifier. Tout mon corps était rigide. J'avais l'impression d'avoir été transformé en statue.

J'aperçus soudain Ernest dans mon champ de vision et je vis qu'il tenait mon poignet. Je criai et j'essayai de me libérer, mais son étreinte ne faiblit pas. Il me maintenait fermement. C'était comme si mon corps était prisonnier dans du ciment.

— Tu sens ça? persiffla Ernest. Tu ne peux pas bouger, hein?

Je voulus secouer la tête, mais je n'y parvins pas. Je ne pus que bafouiller « non » à travers mes lèvres serrées. La brûlure glaciale se répandit dans tout mon corps. La douleur devint bientôt insupportable. Ma peau était froide, si froide, mais c'était aussi comme si j'étais électrocuté. Je perdais peu à peu conscience.

— Ce que tu ressens s'appelle un « toucher mortel », et je suis sûr que c'est plutôt désagréable. Mais ne t'en fais pas, la douleur ne durera pas longtemps puisque tu seras bientôt mort. Je t'avais averti que je te tuerais si tu revenais ici.

Je tentai de le supplier d'épargner ma vie, mais j'étais incapable de parler. Je ne pouvais même pas articuler un seul mot.

— Vos téléphones ne fonctionneront plus, reprit Ernest. Si je le veux, je peux griller tous les appareils électriques autour de moi. C'est un des avantages d'être mort.

Toucher mortel, pensai-je, délirant. *Où ai-je…?*

— *Batman*, murmurai-je sans savoir si j'avais parlé à voix haute ou seulement pensé. Gentleman fantôme. Toucher mortel. Nième métal. Cheval. Fer à cheval.

L'espace d'un instant, je perdis conscience, puis je revins brusquement à moi.

— Fer.

Ernest fronça les sourcils et sourit en même temps.

— Tu perds la tête, on dirait. Tu es resté conscient plus longtemps que je m'y attendais.

Sophie passa à côté de nous en courant. Ernest la regarda sans tenter de l'arrêter. Il était probablement trop étonné pour réagir. Ou il pensait peut-être qu'elle ne pouvait rien contre lui.

Mais je sus alors que j'avais parlé à voix haute et qu'elle avait compris le sens de mes paroles.

Elle saisit un fer à cheval sur le mur et se tourna vers nous.

— Attrape! cria-t-elle en lançant le fer à cheval à Ernest comme si c'était un Frisbee. Surpris, il lâcha mon poignet et je repris presque aussitôt le contrôle de mon corps. Le fer à cheval traversa son épaule et il hurla de douleur. Sophie me lança un fer à cheval. Elle en lança un autre à Nicolas et garda le dernier pour elle.

Ernest nous regarda, ainsi armés, puis il retourna dans sa tombe et disparut sous terre.

— Tu es un génie, Mathieu! s'écria Sophie.

— Qu'est-ce qui vient de se passer? demanda Nicolas, incrédule.

Il regardait fixement son fer à cheval comme si

c'était le premier qu'il voyait de sa vie.

— Ces anciens fers à cheval étaient fabriqués en fer, expliqua Sophie. Certaines personnes croient que le fer éloigne les esprits. Eh bien, je suppose qu'on sait maintenant que c'est vrai.

L'effet de l'étreinte d'Ernest s'atténua et je recommençai lentement à sentir mon corps reprendre vie.

— Qu'est-ce que tu racontais à propos de Batman, d'un gentleman et d'un genre de métal? me demanda Nicolas.

Je le renseignai brièvement.

— Comme Ernest, le Gentleman fantôme appelle son pouvoir « toucher mortel », ajoutai-je. J'ai alors pensé que si c'était le même pouvoir, les choses qui pouvaient blesser un fantôme pouvaient peut-être en blesser un autre. Et comme nous n'avions pas de nième métal dans ce sous-sol, j'espérais que les fers à cheval produiraient le même effet.

— Mais comment savais-tu qu'ils étaient fabriqués en fer? demanda Sophie.

— Je ne le savais pas. J'ignorais totalement avec quel métal on fabriquait les fers à cheval.

Je haussai les épaules.

— Mais on n'avait rien à perdre. C'est ironique qu'un fer à cheval puisse arrêter un fantôme qui aime tant les chevaux. Tu crois que ça marchera avec Chimère?

— Ça vaut la peine d'essayer, répondit Sophie. On n'a toujours rien à perdre.

— Chris! s'écria soudain Nicolas. On a perdu trop de temps. C'est maintenant impossible d'arriver à l'écurie avant Ariel et de la surprendre.

— Tu as raison. On n'arrivera pas avant elle.

Je tins mon fer à cheval en l'air un instant, puis je le plaçai à l'intérieur de mon pantalon et le cachai à l'aide de mon manteau.

— Mais on peut encore la surprendre.

Nicolas et Sophie firent comme moi et camouflèrent leurs fers à cheval. Je ramassai celui que Sophie avait lancé à Ernest et l'accrochai au-dessus de sa croix.

— Espérons que ça le gardera enseveli dans sa tombe, dis-je.

Nicolas prit la terrifiante statue du père Noël et la posa sous la fenêtre ouverte. Grimpé sur la tête de la statue, je sortis par l'ouverture. Puis je me retournai pour aider Sophie. Nicolas se présenta le dernier. Je pris sa main et l'aidai pendant qu'il escaladait le mur. J'aperçus quelque chose au moment où je le tirais dehors... mais je n'y prêtai pas attention.

— Qu'est-ce qu'il y a? demanda Nicolas quand nous nous relevâmes à côté de Sophie.

— Rien, répondis-je. Allons-y.

Mais ce n'était pas rien.

Par-dessus l'épaule de Nicolas, au moment où je l'aidais à sortir, j'avais vu un léger mouvement dans le sous-sol.

La croix d'Ernest avait tremblé et le fer à cheval que j'avais mis dessus avait presque glissé.

Après avoir jeté un dernier regard prudent à travers la fenêtre du sous-sol, je suivis Nicolas et Sophie vers l'écurie.

CHAPITRE VINGT

— J'ai l'impression que je vais vomir, dit Nicolas pendant que nous traversions le champ.

Il glissa sur une plaque de glace et tomba à genoux. Son fer à cheval tomba à côté de lui.

Je saisis Nicolas par le bras et l'aidai à se relever. J'avais pitié de lui. Il avait déjà perdu une petite sœur et voilà que son frère était en danger.

— Merci, dit-il une fois debout.

— À quoi servent les amis?

Sophie ramassa son fer à cheval dans la neige, l'essuya et le lui rendit.

— Ouais, dit Nicolas alors que nous arrivions à l'écurie. C'est bon d'avoir des amis.

J'espérais qu'il n'était pas trop tard.

À l'intérieur de l'écurie, le hennissement de Chimère résonna dans la nuit.

Nicolas se rua le premier dans l'écurie, suivi de près par Sophie et moi. Nous gardâmes nos fers à cheval hors de vue. Il n'y avait aucun signe d'Ariel ou de Chimère.

Un cercle brillant projeté par une ampoule suspendue au plafond éclairait le milieu de l'écurie. Christophe était assis sur le sol au bord du cercle, attaché à un pilier de bois. Il releva brusquement la tête à notre entrée.

— Nico! s'écria-t-il sur un ton fébrile. Vous êtes venus me chercher, continua-t-il en me voyant avec ma sœur.

— Évidemment qu'on est venus pour toi, frérot, dit Nicolas.

Nous courûmes vers Christophe et nous nous agenouillâmes autour de lui. Nicolas se mit à dénouer la corde qui le retenait.

— Faites vite, implora Christophe. Elle sera là dans une...

— Minute? termina une voix de femme.

Ariel apparut dans un coin de l'écurie. Elle se dirigea vers nous en menant Chimère par une corde.

— Ou bien allais-tu dire « seconde »? Ce serait plus exact, parce que voilà! Je suis là.

Je faillis prendre mon fer à cheval, mais je me

rappelai de le laisser caché jusqu'à ce qu'Ariel soit assez près pour que je l'atteigne. Sophie et Nicolas firent comme moi.

— Je vous connais, vous deux, dit Ariel en nous voyant, Sophie et moi.

Son regard se posa ensuite sur Nicolas.

— Mais toi, qui es-tu?

— Je suis le frère de Christophe, répondit Nicolas. Et je vais le faire sortir d'ici.

— Non, dit Ariel. Enlève tes mains de cette corde.

— Non.

— Il me suffit de dire un mot et Chimère chargera et vous écrabouillera avant même que vous ne sachiez ce qui s'est passé. Enlève. Tes. Mains.

Ariel fit claquer légèrement sa langue et tira

doucement la corde comme pour prouver ses dires.
Chimère hennit bruyamment et martela le sol d'un
de ses sabots avant. D'où j'étais assis, je sentis le
sol trembler et je compris que le cheval pourrait
nous tuer en un clin d'œil si Ariel le lui ordonnait.

Nicolas lâcha lentement la corde. Christophe
était toujours attaché au pilier.

— Bon garçon, approuva Ariel.

— Si vous pouvez nous tuer tout de suite,
pourquoi attendre? demanda Sophie.

— Tuer quatre enfants d'un coup? se moqua
Ariel en prenant un air faussement étonné. Cela
me paraît un peu glauque et morbide, même selon
mes critères. Je crois que je vais épargner la vie
d'un ou deux d'entre vous, mais je n'ai pas encore
décidé qui je vais sauver.

Pourquoi était-elle si pressée de nous tuer? Juste
parce que Dani et Jacques avaient tué Chimère?
Parce que Sophie avait tenté de nourrir le cheval?
Parce que Christophe s'était introduit chez elle
pour découvrir ce qui était arrivé à Clara? Quelque
chose clochait. Il manquait un élément à l'histoire
d'Ariel. Mais je ne savais pas ce que c'était.

Elle fit approcher Chimère. Un éclat bleuté
brillait dans les yeux du cheval.

— Le problème, c'est que vous en savez trop,

reprit Ariel. La décision ne dépend alors peut-être pas de moi.

Chimère et elle étaient assez près pour que nous puissions les atteindre avec un lancer précis.

— Maintenant! hurlai-je en révélant mon fer à cheval.

Nicolas et Sophie firent de même.

Chimère se dressa sur ses pattes arrière et poussa un gémissement frénétique. Il leva ses pattes avant et recula en hennissant.

— Tout doux, tout doux, susurra Ariel en essayant de le calmer. Tout va bien, mon garçon. Je ne les laisserai pas te faire de mal.

— Ah! Vraiment? riposta Nicolas, enhardi par la peur manifeste du cheval. Essayez donc de nous arrêter.

Il lança le fer à cheval en direction de Chimère.

Paniqué, Chimère se libéra d'Ariel, mais celle-ci se plaça devant lui et attrapa le fer à cheval.

— Quoi? m'écriai-je. Comment avez-vous...?

— Comment je l'ai attrapé? termina Ariel en regardant le fer à cheval avant de tourner son regard vers nous. Le fer ne fonctionne qu'avec les fantômes.

— Mais vous êtes...

— Je ne suis pas un fantôme.

Pas un fantôme. Les mots s'entrechoquaient dans ma tête, incompréhensibles, mais refusant d'être ignorés.

— C'est insensé. Votre mari est mort depuis vingt ans et il avait l'air aussi vieux que vous maintenant. Ne devriez-vous pas sembler bien plus...?

Ariel parut un peu contrariée, mais elle garda sa contenance. Elle prit sa joue dans sa main et enfonça le bout de ses doigts dans son menton. Elle resta muette.

Sophie termina ma phrase.

— Ouais, vous devriez paraître beaucoup, beaucoup plus vieille. Et j'ai lu dans un article de journal que vous êtes morte avant votre mari. C'était un mensonge?

Ariel hocha la tête et soupira.

— Bon, vous gagnez. Cet article disait la vérité. Ariel est morte il y a vingt-trois ans.

— De quoi parlez-vous? demanda Nicolas.

Il semblait aussi confus que je l'étais moi-même.

— Je ne suis pas Ariel.

J'eus l'impression que le sol s'effondrait sous mes pieds.

— Je suis sa fille.

CHAPITRE VINGT ET UN

— Clara, dit Christophe sur le sol. Vous êtes Clara.

Clara nous regarda, Sophie et moi.

— Quand vous êtes venus frapper à ma porte avec vos biscuits et que vous m'avez prise pour ma mère, j'ai été surprise. Et fâchée. Ai-je vraiment l'air si vieille que ça? Les années qui ont suivi la mort de mon père se sont simplement envolées. Je sors très peu, je ne laisse personne entrer et je n'aime même pas me regarder dans un miroir. Mais j'ai compris pourquoi vous m'aviez prise pour ma mère. J'ai l'âge qu'elle avait quand elle est morte.

— Pourquoi n'avez-vous rien dit? demandai-je. Pourquoi n'avez-vous pas corrigé notre erreur?

— Pourquoi l'aurais-je fait? Je ne prévoyais pas vous revoir ni l'un ni l'autre... Certainement pas après vous avoir tués.

— Quoi? s'écria Sophie, qui agrippa son fer à cheval un peu plus fort.

Clara éclata de rire. Un son aigu, perçant, se répercuta sur les murs de l'écurie.

— Je ne pourrais pas vous laisser en vie. Vous avez déjà essayé de prendre Chimère et je savais que vous alliez réessayer, comme ces deux méchants frères l'ont fait. Ce n'était qu'une question de temps. Je l'ai déjà perdu une fois et je mourrai avant de le perdre de nouveau.

— Sophie n'a pas essayé de prendre votre cheval et maintenant, nous ne voulons absolument pas nous occuper de lui.

J'avais parlé lentement, espérant que mes paroles soient bien comprises mais, vu l'état d'esprit de Clara, je doutais que ce soit le cas.

J'avais raison.

— Laissez tomber vos fers à cheval, ordonna-t-elle.

— On ne veut pas...

— Laissez. Tomber. Vos. Fers à cheval, m'interrompit Clara.

Je fis un signe de tête à Sophie. Elle hocha la sienne. Nous laissâmes tomber nos fers à cheval. Ceux-ci atterrirent bruyamment sur le sol.

— Maintenant, envoyez-les vers moi avec vos pieds.

Nous obéîmes en les faisant glisser avec la pointe

de nos bottes. Le mien atteignit directement sa cible, tandis que celui de Sophie s'arrêta à mi-chemin.

— Si vous ne vous débattez pas, ce sera bientôt fini. Mais ce ne sera pas sans douleur, j'en ai peur. Ce sera même très douloureux.

Elle se tourna vers Chimère et leva une main dans les airs. Elle allait lui indiquer de nous piétiner et nous ne pouvions rien faire pour l'arrêter.

— Attendez! hurlai-je.

Clara me regarda. Mon interruption ne parut pas la perturber beaucoup. Elle semblait plutôt enthousiaste. Pour elle, ceci n'était qu'un jeu, un jeu auquel elle ne pouvait pas perdre.

Je ne pouvais penser qu'à une chose, une chose désespérée, capable de nous sauver.

—Dani et Jacques, les frères qui ont tué Chimère, dis-je. C'est injuste que leurs âmes puissent continuer à vivre après ce qu'ils ont fait, vous ne croyez pas?

Je ne lui laissai pas le temps de répondre.

— Si je parvenais à tromper leurs fantômes et à les attirer ici? Vous seriez débarrassée d'eux pour toujours. Si je réussis, nous laisserez-vous partir, ma sœur et moi?

Je regardais Clara dans les yeux, évitant tout contact visuel avec Nicolas et Christophe. Mais je ne pus éviter d'entendre Sophie.

— Mathieu! Qu'est-ce qui te prend?

Elle parlait à voix basse, sur un ton déconcerté, blessé.

Je l'ignorai.

Clara me dévisagea, sceptique, comme si elle essayait de lire dans mes pensées. Un moment s'écoula.

— Je ne peux pas vous libérer tous les quatre, dit-elle enfin. Vous vous êtes introduits chez moi par effraction et vous avez menacé Chimère. Il y a un prix à payer pour ça.

Les yeux fermés, je déglutis.

— Je sais, dis-je. Seulement Sophie et moi.

Après avoir réfléchi un instant, Clara accepta mon offre.

— Marché conclu, dit-elle. Va chercher Dani et Jacques, et ramène-les ici. Après, je vous laisserai partir, ta sœur et toi.

— Je n'en crois pas mes oreilles, protesta Nicolas, plein de rage. C'est sûrement une blague.

— Irréel, renchérit Christophe, qui semblait en état de choc.

— Il n'en est pas question, Mathieu, dit Sophie. Tu ne peux pas faire ça. On ne peut pas juste...

— Oui, on le peut, l'interrompis-je. Viens,

allons-y.

— Non, non, non, dit Clara. Pas si vite. Je ne peux pas vous laisser partir tous les deux. Tu vas chercher Dani et Jacques, ajouta-t-elle en pointant un doigt vers moi.

Puis elle indiqua Sophie.

— Elle reste avec moi. Je t'accorde quinze minutes. Si tu reviens avec les jumeaux, je vous laisserai partir, ta sœur et toi. Sinon, ou si tu parles à qui que ce soit, à tes parents, à la police, elle sera la première à mourir.

Je serrai la mâchoire et grinçai des dents.

— Bien, dis-je.

Je n'aimais pas ça, mais je n'avais pas d'autre choix.

Je jetai un coup d'œil à Sophie. Elle ne semblait ni fâchée, ni effrayée, ni même écœurée. Seulement déçue. Je ne pouvais pas la blâmer. Je la laissais vraiment tomber. J'avais mal de voir Sophie me regarder comme ça.

Mais il fallait le faire. Je n'allais pas rester là, les bras ballants. Je n'allais pas permettre que quelque chose de mal arrive à ma sœur, quel que soit le prix à payer.

Je me tournai et sortis en courant de l'écurie, sans regarder derrière moi.

CHAPITRE VINGT-DEUX

— Dani? appelai-je dans la noirceur de ma chambre.

Je regardai fixement la porte bien fermée de mon placard.

— Jacques?

Aucune réaction. La porte demeura close et ni l'un ni l'autre des fantômes n'émit un son. Et s'ils n'étaient plus là? S'ils avaient déménagé ou autre chose?

Ce n'était pas possible. Ils devaient être dans mon placard. Il le *fallait*. S'ils refusaient de sortir, c'est moi qui entrerais.

Ma main trembla quand je voulus tourner la poignée de la porte. J'inspirai profondément et calmai mes nerfs. *Ressaisis-toi*, m'exhortai-je. *La vie de Sophie est en jeu.*

Sans laisser la peur ou le doute m'arrêter, j'ouvris la porte à la volée et pénétrai dans le placard.

Sauf que ce n'était pas mon placard.

J'avais ouvert la porte du placard de ma chambre et j'étais entré dans un lieu complètement différent, une chambre complètement différente, une autre maison. Mon placard était large et peu profond; celui-ci était étroit et profond. Il était rempli de vêtements pour un garçon de mon âge : des chandails et des chemises étaient suspendus à gauche, et d'autres, assortis, à droite.

Des vêtements identiques pour des jumeaux identiques.

Je me trouvais dans le placard de Dani et de Jacques. Mais je n'avais pas le temps d'avoir peur. Après tout, j'étais venu les chercher.

J'entrai dans la chambre — la chambre des jumeaux, pas la mienne — et je scrutai les alentours. Le tapis était rouge sang et des panneaux de bois foncé couvraient les murs. Ces panneaux étaient couverts de vieilles affiches de films des années 1980 et 1990 : *L'empire contre-attaque, Indiana Jones et la dernière croisade, Retour vers le futur, Le parc jurassique.* Dani et Jacques avaient les mêmes goûts cinématographiques que mon père et moi. Cela ne me facilitait pas la tâche.

— Dani? Jacques? les appelai-je de nouveau.

Et encore une fois, c'était le silence total.

Mais ce silence ne dura pas.

Clip, clop. Clip, clop. Clip, clop.

Les sabots d'un cheval. Dans le corridor.

Clip, clop. Clip, clop. Clip, clop.

Ils approchaient. Ils étaient juste derrière la porte.

Clip, clop. Clip, clop. Clip, clop.

Mon souffle se coinça dans ma gorge et, frénétique, je fis le tour de la chambre des yeux. Pris de panique, je me jetai sur un des lits et m'enfouis la tête sous les couvertures. Je n'aurais sans doute pu choisir un pire endroit où me cacher, mais il était trop tard.

La porte s'entrebâilla.

Chimère hennit.

Il prit son temps pour traverser la chambre. *Clip, clop. Clip, clop. Clip, clop.* C'était comme s'il prolongeait le moment, savourait le goût de ma peur.

Il n'est pas réel, il n'est pas réel, il n'est pas réel, me répétai-je. *Rien de tout ça n'est vrai. Tout est dans ta tête, comme quand tu as vu Sophie écrabouillée dans son lit. Quand tu regarderas de nouveau, tu ne seras plus dans la chambre de Dani et de Jacques.*

Je regardai de nouveau, mais oh! comme j'avais tort!

J'étais encore dans la chambre des jumeaux

et Chimère l'était aussi. Je le voyais au-dessus du lit, incroyablement imposant, ses yeux pleins de colère baissés vers moi. Il se dressa sur ses pattes arrière, gronda, agita ses pattes avant deux ou trois fois dans les airs avant de s'abattre sur moi.

———

J'ouvris les yeux, m'assis bien droit dans le lit et me préparai à crier... mais j'arrêtai. J'étais de retour dans mon propre lit, ma propre chambre. Terrifié, stressé et ruisselant de sueur, mais vivant. Chimère était parti. Je me corrigeai : la *vision* de Chimère était partie.

Combien de temps s'était-il écoulé? Cinq minutes? Plus? Quoi qu'il en soit, il ne m'en restait plus beaucoup avant que Clara...

La porte du placard s'ouvrit.

Dani sortit lentement. Son corps n'était plus mutilé et ensanglanté comme la première fois que je l'avais vu sortir de là, mais la vue d'un fantôme entrant dans ma chambre me donnait encore froid dans le dos.

— Dani, dis-je. Où est ton frère? Je dois vous parler à tous les deux.

— Je te l'ai dit, il est...

— Facilement effarouché, terminai-je.

Il n'y avait pas une seconde à perdre. Je devais aller droit au but.

— Ce n'est pas M. Creighton qui a ordonné à Chimère de vous tuer, ton frère et toi. C'est sa fille, Clara. Elle habite toujours à la ferme Briar Patch avec les fantômes de son cheval et de son père. Ils... ils détiennent ma sœur et ils vont la tuer. Mais écoute, Dani...

Il avait conservé une expression calme, n'avait montré aucune émotion pendant que je parlais, et je savais que j'allais devoir me montrer très convaincant pour amener les deux frères à m'apporter leur aide.

— Je crois savoir comment renvoyer Chimère dans le monde souterrain et vaincre Clara.

Dani réagit enfin comme je l'avais espéré : il sourit. Et je sus qu'il m'aiderait.

Je lui racontai alors, le plus rapidement possible, ce qui était arrivé et lui expliquai ce que nous devions faire. J'omis la partie où j'avais trahi les Russo pour sauver Sophie et je préférai, bien entendu, ne pas lui dire que j'avais promis de les livrer à Clara, Jacques et lui, en échange de ma sœur. Ces deux détails n'auraient pas persuadé les jumeaux fantômes de me suivre jusqu'à la ferme.

Je n'eus heureusement aucun mal à convaincre Dani de m'accompagner. Il semblait prêt à sortir en volant à travers le mur de ma chambre jusqu'à ce que je lui dise de m'attendre. Il ne prit même pas la peine de se demander si je lui disais ou non la vérité. Il croyait chacun de mes mots et il voulait m'aider.

— Je le ferai pour moi-même, dit-il, mais surtout pour Jacques.

— Pour que ça fonctionne, on a aussi besoin de lui. Peux-tu lui demander de sortir?

— On ne peut pas le faire sans lui? Il est...

Je lui lançai un regard dur.

— Non, Dani, dis-je fermement. Il *doit* venir.

Dani regarda le placard et soupira.

— Alors, nous avons un problème.

D'une certaine façon, j'avais compris sans qu'il me dise un mot.

— Jacques n'est pas ici, n'est-ce pas?

Dani secoua la tête.

— Tout de suite après notre mort, Jacques a disparu. Je suis le seul à être resté.

CHAPITRE VINGT-TROIS

Cela importait peu. Le plan fonctionnerait sans Jacques. J'avais promis à Clara de revenir avec les deux frères, mais c'était avant de savoir que Jacques était déjà parti.

Je devais garder espoir.

Mais j'avais beau m'efforcer d'ignorer la sensation de naufrage que j'éprouvais, elle était bien là.

— On a entendu des chuchotements, dis-je à Dani. Sophie et moi. On t'a tous les deux entendu chuchoter avec quelqu'un quand on t'a vu la première nuit.

— Je... Il m'arrive de parler à Jacques. Souvent, peut-être. Cela me réconforte. Je sais qu'il n'est pas là, mais ça m'est égal. Je me sens moins seul.

Depuis deux nuits, la présence sinistre de Dani m'avait fait si peur que je n'avais pu dormir dans ma propre chambre, mais j'avais maintenant pitié de lui. Je n'avais rien à craindre de lui. Je voulais plutôt l'aider.

Je le pouvais peut-être.

Je vérifiai l'heure. Il ne nous restait plus que quelques minutes.

— Il faut partir, dis-je.

Je passai rapidement dans la chambre de Sophie pour récupérer son téléphone (le mien était irrémédiablement grillé), puis, avec Dani, je me dirigeai furtivement vers l'escalier. La lumière était toujours éteinte dans la chambre de mes parents. Par chance, ils avaient le sommeil profond. Au cours des dernières nuits, ils avaient eu beaucoup de possibilités de nous surprendre en train de nous glisser dehors, Sophie et moi. L'espace d'un instant, je me demandai si je devais les réveiller. J'avais besoin d'eux. Mais Clara avait bien dit qu'elle tuerait ma sœur si je parlais à quiconque. Il était donc hors de question de les alerter.

Je demandai à Dani de me suivre dehors et je me ruai vers le champ des Creighton.

Nous nous arrêtâmes à côté des portes de l'écurie le temps de reprendre mon souffle et de m'armer de courage. C'était le moment de vérité, et je savais que je ne m'en sortirais pas si je devenais nerveux.

Batman aurait-il mal au cœur en ce moment? Non, bien sûr, mais je n'étais pas un héros. Je n'étais qu'un gamin apeuré qui essayait de sauver sa sœur.

Dani me donna une tape sur l'épaule. Son contact fit courir une sensation glacée sur ma peau. C'était comme du givre se formant sur une fenêtre. Il m'indiqua le champ derrière l'écurie. Je vis une croix semblable à celles du sous-sol. Un autre nom y était gravé : Chimère.

— Seigneur! m'écriai-je. Clara n'envoie jamais ses cadavres à la morgue ou… quel que soit l'endroit où on envoie les chevaux morts?

Dani n'eut pas l'air de m'entendre. Il était trop absorbé par ses propres pensées.

— Je me sens encore très mal à cause de ce qui est arrivé à Chimère. On a perdu le contrôle.

— Je sais.

Encore glacé par son contact, je résistai à l'envie de poser ma main sur son épaule.

— Mais ça n'excuse pas ce que Clara et Chimère vous ont fait, à ton frère et à toi, continuai-je. Et si tu m'aides, tu les empêcheras de blesser quelqu'un d'autre.

Dani hocha la tête.

— J'espère parvenir à revoir Jacques.

— À ton avis, pourquoi es-tu resté et pas lui?

144

— Je pense que c'est parce que… parce que c'était mon idée, c'est moi qui ai voulu amener Chimère faire un tour. Tout est ma faute. Jacques n'était pas seulement mon frère. Il était mon meilleur ami.

— Tu le retrouveras bientôt, dis-je. Tu te rappelles ce dont nous avons parlé dans ma chambre? Ce que nous devons faire?

Il hocha de nouveau la tête, l'air résolu, cette fois.

Et je savais qu'il l'était. Notre plan fonctionnerait peut-être. Peut-être… Je fis un pas vers la porte.

— Attends, dit Dani. Avant que tu entres, je voudrais juste te dire merci.

— Merci à *toi*, répondis-je.

J'entrai ensuite dans l'écurie en espérant que c'était la dernière fois.

La scène était plus ou moins comme je l'avais laissée. Clara se tenait auprès de Chimère d'un côté de l'écurie, et Christophe était encore attaché à un pilier au centre. Nicolas et Sophie étaient à genoux à ses côtés. Ils me regardèrent tous dès que j'entrai dans la lumière. Les visages de ma sœur et des frères Russo exprimaient une colère assassine. Je m'arrêtai dans l'entrée.

— Où sont les jumeaux? me demanda Clara.

Je secouai la tête et levai les bras, implorant.

— Ils sont toujours dans ma chambre. Je n'ai pas réussi à les persuader de me suivre. Je pense qu'ils savaient que je mijotais quelque chose. Ils me soupçonnaient de leur tendre un piège.

Clara hocha la tête.

— Je suis désolée de l'apprendre. Nous avions conclu un marché.

— Oui, mais accordez-moi du temps et je suis sûr que je parviendrai à les convaincre de venir jusqu'ici.

— Ça ne marche pas comme ça, dit Clara. L'entente était celle-ci : tu disposais de quinze minutes pour revenir ici avec Dani et Jacques, et je vous laisserais partir, ta sœur et toi. Sinon, eh bien... ta sœur serait la première à mourir. Je crains maintenant de n'avoir pas d'autre choix que d'honorer ma partie du marché.

Sans me regarder, Sophie se leva lentement et fit face à Clara et à Chimère. Son attitude était sans équivoque : *Je n'ai pas peur de vous.*

Clara éclata de rire en voyant Sophie la défier ainsi, mais je décelai une note d'inquiétude dans son rire. Elle lança un coup d'œil à Chimère par-dessus son épaule.

Le cheval hennit et gratta le sol de son sabot, prêt à charger.

Sophie resta bien campée.

Clara leva une main.

— Chimère, dit-elle.

Puis elle abaissa sa main comme si c'était la hache d'un bourreau.

— Tue-la.

CHAPITRE VINGT-QUATRE

— Attendez! criai-je, brisant la tension.

Clara tourna rapidement son regard vers moi. Elle semblait prête à m'attaquer elle-même, mais elle était également curieuse. Elle leva de nouveau la main, pour arrêter Chimère, cette fois, et le cheval lui obéit.

Je poussai un soupir de soulagement.

— Si j'avais réussi à convaincre Dani et Jacques de venir ici, nous auriez-vous vraiment laissés partir, ma sœur et moi?

Clara me dévisagea un instant comme si elle pesait les avantages d'être sincère.

— Tu connais déjà la réponse, n'est-ce pas?

Je ne répondis pas, ne hochai même pas la tête. Plus je prolongerais ce moment, mieux ce serait. Dani aurait plus de temps pour se mettre en position.

— Non, je n'ai jamais eu l'intention de vous

laisser partir, ta sœur et toi. Comment aurais-je pu?
Vous en savez trop. Vous auriez parlé à vos parents,
et la police serait aussitôt venue tambouriner à ma
porte.

Clara fit claquer ses doigts.

Je pouffai de rire. Je faisais semblant, mais Clara
l'ignorait et elle mordit à l'hameçon.

— Qu'est-ce qui t'amuse?

— Rien, vraiment. C'est juste que, si ça c'était
produit, je ne me servirais pas de mon téléphone.
Ernest l'a détruit quand nous l'avons affronté dans
le sous-sol.

— Vous étiez dans le sous-sol? rugit Clara. Vous
avez vu mon père?

— Ouais. C'est là qu'on a compris que les fers à
cheval éloignent les fantômes. Et je dois dire que
c'est un peu bizarre que vous ayez enterré vos
parents dans la cave.

— Je les ai exhumés du cimetière et ramenés ici
avec moi, où ils sont chez eux.

J'imaginai Clara assise dans l'obscurité humide
avec les cadavres décomposés de ses parents
et le fantôme de son père, et je compris que cela
expliquait pourquoi elle avait mis des meubles
dans le sous-sol.

— Malheureusement, l'esprit de ma mère n'est

pas revenu avec celui de mon père, reprit Clara. Mais, comme Chimère, ce cher vieux papa avait laissé des tâches inachevées au moment de sa mort. Ils avaient hâte de revenir... pour se venger.

— Ernest est mort, dis-je. Mort une nouvelle fois, je veux dire. Nous l'avons immobilisé avec des fers à cheval jusqu'à ce qu'il s'évapore sous nos yeux. Et comme je n'ai pas pu ramener Dani et Jacques ici, je vais me servir d'un de ces fers à cheval pour faire la même chose à votre cheval.

L'évaporation d'Ernest et ma menace de tuer Chimère étaient des mensonges, mais Clara les crut. Elle me fixa du regard et je sentis sa fureur se propager comme des vagues de chaleur. Elle était enragée, désespérée, irrationnelle.

Et toute sa haine était concentrée sur moi.

— Toi, éructa-t-elle.

Elle plissa son nez et serra ses lèvres, comme si elle répugnait à s'adresser à moi.

— Chimère! Charge!

Chimère fonça vers moi, et non vers Sophie, comme un boulet de canon. De l'écume blanche aux lèvres, il grognait bruyamment. Ses sabots résonnaient si fort que je sentis le sol trembler dans l'écurie. *Ba da boum, ba da boum, ba da boum!*

Je tins bon. Quand Chimère ne fut plus qu'à

quelques mètres de moi, je hurlai :

— Dani! Maintenant!

Dani glissa à travers le toit et tomba. Il atterrit sur le dos de Chimère et agrippa sa crinière. Il ne tira pas dessus, ne tenta pas de ralentir le cheval, mais il l'incita à avancer encore plus vite.

Je me jetai de côté juste à temps pour éviter d'être renversé.

Dani fit sortir Chimère par la porte ouverte.

Tout se passait conformément au plan. Tout était parfait.

Cela ne dura pas.

Par la porte ouverte, je vis un homme approcher. Il venait de la ferme.

Ernest.

CHAPITRE VINGT-CINQ

Comment Ernest avait-il réussi à sortir malgré le fer à cheval? J'avais vu celui-ci osciller, mais pas tomber. Une image clignota alors devant mes yeux, aussi réelle que les deux hallucinations que j'avais eues auparavant. Après que nous étions sortis du sous-sol, l'opossum avait détalé hors de sa cachette et heurté la croix. Et le fer à cheval était tombé sur le sol. Je ne savais pas comment je le savais, mais j'étais convaincu que c'était ce qui s'était passé.

Ma haine pour cet opossum atteignit un nouveau sommet.

Mais ce n'était pas le moment de penser à ça. Ernest était presque arrivé à l'écurie. S'il entrait, non seulement serait-il capable de nous attaquer, mais j'ignorais comment le renvoyer dans sa tombe. Et même si j'y parvenais, il s'échapperait probablement une nouvelle fois.

— Sophie! criai-je. Lance-moi ce fer à cheval!

J'indiquai celui qu'elle avait fait glisser en direction de Clara et qui s'était arrêté au milieu de l'écurie.

Elle le prit et me le lança sans hésiter.

Je l'attrapai, puis je m'élançai dehors et courus vers Ernest.

Mon audace dut le prendre au dépourvu. Il fronça les sourcils et ralentit son allure.

Un bon signe.

— Dani! hurlai-je en courant. J'ai besoin de ton aide!

Il galopait au loin à toute vitesse. Il m'entendit malgré le vacarme assourdissant des sabots de Chimère et regarda par-dessus son épaule. Constatant ce qui se passait, il obligea Chimère à faire volte-face et nous encercla, Ernest et moi.

Je ne ralentis pas. À la dernière seconde, juste avant d'entrer en collision avec Ernest, je levai le fer à cheval et frappai le vieillard à la poitrine. De ma main libre, j'agrippai sa chemise et l'entraînai vers la tombe de Chimère.

Sous le choc, Ernest cria et chancela, ce qui me permit de le tirer vers ma cible. Mais il agrippa en même temps ma nuque, et mon corps se tendit sous l'effet de la douleur. Je fermai les yeux, grognai et forçai mes jambes à continuer de bouger, espérant que j'allais toujours dans la bonne direction. J'avais l'estomac à l'envers, ma tête vibrait et je crus que j'allais m'évanouir d'un instant à l'autre.

Heureusement, ce fut tout.

Je sentis la terre bosselée sous mes pieds et quand j'ouvris les yeux, je constatai que j'avais réussi à entraîner Ernest vers la tombe de Chimère.

Avant, la tombe d'Ernest avait servi de portail. J'espérais seulement que celle de Chimère agisse de même. Un aller simple et permanent, cette fois.

Je me laissai tomber sur le sol et entraînai Ernest avec moi. Il atterrit sur le côté; nos visages n'étaient qu'à quelques centimètres l'un de l'autre. À l'exception d'un petit point blanc qui clignotait dans chacune de ses pupilles, ses yeux étaient froids. Cette vue me glaça le sang.

Ce fut heureusement la dernière que j'eus de lui.

Dani fit galoper Chimère à travers le sol et disparut dans la tombe, écrasant Ernest et le tirant dans la terre avec eux.

Un silence mortel enveloppa le champ. Le vent tomba et il commença à neiger. Je retins mon souffle et regardai fixement la tombe. Je craignais de voir Chimère ou Ernest se mettre à donner des coups de pied et à émerger de la terre, mais cela ne se produisit pas.

Dani croyait pouvoir les garder dans le monde souterrain et les empêcher de revenir, mais je plaçai le fer à cheval sur le sol, au cas où.

Des pas martelèrent la neige derrière moi.

— Attention, Mathieu! cria Sophie.

Je pivotai et bondis soudainement. Clara s'agenouilla devant la tombe de Chimère. Sophie, Nico et Chris étaient derrière elle.

Toute la colère et la haine avaient disparu du visage de Clara. Il ne restait que sa peau pâle, ses yeux enfoncés et ses lèvres tremblantes. Elle avait les épaules voûtées et elle pliait son corps en deux au niveau de la taille comme s'il était brisé et creux. Elle enfouit son visage dans ses mains et fondit en larmes.

Voyant qu'elle ne paraissait plus menaçante, je rejoignis Sophie et les frères Russo.

— Je suis tellement, tellement désolé, leur dis-je.

— Ça va, répondit Christophe qui leva la main pour m'empêcher de dire autre chose.

— Je ne vais pas mentir, dit Nicolas. J'étais très, très fâché quand j'ai cru que tu nous trahissais.

— Je n'ai jamais été aussi en colère de ma vie, renchérit Sophie.

— Mais on sait maintenant que ça faisait partie de ton plan, reprit Nicolas.

Sophie regarda Clara, puis la tombe.

— Sont-ils partis pour de bon? Ernest et Chimère? Et Dani aussi?

— Je l'espère, dis-je.

— Comment savais-tu que Dani serait capable d'entraîner Chimère sous la terre?

— Je ne le savais pas. Mais c'est tout ce que j'avais trouvé, alors je me suis dit que ça valait la peine de tenter le coup. Tu te rappelles cette bande dessinée de *Batman?* J'ai pensé que si le fer était aussi efficace dans le vrai monde que le nième métal l'était dans la bande dessinée, un fantôme qui avait quelque chose sur le cœur pourrait peut-être forcer Chimère et Ernest à retourner là où ils devaient être. Dans la bande dessinée, ce lieu s'appelle le monde souterrain. Grâce à Sophie, c'est resté gravé dans mon esprit. Elle me l'a montré plus tôt, ce soir.

Sophie était radieuse.

Je baissai un peu la voix.

— Clara l'appelle le « royaume souterrain ». Je me suis dit que ce devaient être des endroits semblables et qu'un autre fantôme pouvait forcer Ernest et Chimère à y retourner. Par chance, Dani voulait vraiment revoir son frère. L'esprit de Jacques s'en est allé au moment de sa mort. Dani voulait aussi s'assurer qu'Ernest et Chimère ne pourraient plus faire de mal à d'autres enfants.

Dos à nous, Clara sanglotait toujours.

— Donc, en réalité, c'est ton amour des superhéros qui nous a sauvés, dit Sophie.

Je haussai les épaules et lui rendis son sourire.

— Non, sérieusement, cela nous a sauvé la vie, insista Sophie. Attends que papa découvre que tu as utilisé tes talents de *geek* pour faire une bonne action. Il sera tellement fier. Papa est un vrai *geek*, lui aussi, ajouta-t-elle, s'adressant à Nicolas et à Christophe.

Je n'avais pas quitté Clara des yeux pendant que nous parlions. Toujours silencieuse, elle ne nous regardait pas. Elle semblait être dans son propre monde.

— J'ai pris ça à la maison, dis-je en sortant le cellulaire de Sophie de ma poche.

— Il ne s'est pas éteint quand tu es entré dans l'écurie? s'étonna Sophie.

Je l'allumai. Je ne connaissais pas son mot de passe, mais je vis trois barres au sommet de l'écran : il y avait donc un signal.

— Je suppose que les fantômes le font

seulement quand ils le veulent. Il ne leur suffit pas de s'approcher de trop près d'un téléphone.

Je tendis le téléphone à Sophie.

— Quoi qu'il en soit, peux-tu appeler la police?

Elle n'eut pas le temps de prendre son téléphone.

Clara se releva et se rua vers moi. Ses doigts encerclèrent ma gorge et serrèrent.

CHAPITRE VINGT-SIX

Une fois de plus, le monde s'était transformé. Ce n'était plus la nuit. Ce n'était plus l'hiver. Mais j'étais encore dans le champ de la ferme Briar Patch.

La ferme et l'écurie étaient les mêmes, mais en meilleur état, tout comme le champ et les jardins. Il n'y avait qu'une autre maison à proximité et elle ne ressemblait pas du tout à la nôtre. Les deux demeures étaient entourées de collines verdoyantes, d'arbres et de buissons.

Il y avait une voiture dans l'allée et un écriteau À VENDRE planté dans le sol à côté de la route. Je m'approchai de l'entrée de la maison. La porte s'ouvrit alors et Ernest sortit dans la lumière en compagnie d'Ariel, qui tenait un petit écriteau sur lequel le mot VENDU était écrit.

Clara sortit à son tour un instant plus tard. Elle paraissait vingt ans plus jeune que la femme que j'avais l'habitude de voir, âgée d'à peu près quarante ans.

Je ne me donnai pas la peine de me cacher. Ils regardaient à travers moi.

— Alors, qu'en penses-tu? demanda Ernest à Clara.

— Je l'adore, répondit Clara. Mais ne me pose pas la question. Ce rêve a toujours été le sien. Qu'en penses-tu, maman?

Ariel sourit avec sa bouche *et* ses yeux.

— C'est parfait.

Elle ouvrit les bras et sa fille adulte s'y jeta comme si elle avait quatre ans plutôt que quarante.

— J'ai toujours voulu vivre à la campagne. Et après avoir lu *L'Étalon noir* à huit ans, j'ai toujours voulu avoir un cheval.

— Je suis contente pour toi, dit Clara. Je suis contente pour *nous*. Nous serons si heureux ici.

Elle se dégagea de l'étreinte de sa mère et jeta un coup d'œil vers la maison.

— J'ai oublié mon sac à l'intérieur. Je reviens tout de suite.

Elle retourna dans la maison.

Le sourire d'Ariel s'estompa tandis qu'elle se tournait vers Ernest et lui lançait un regard lourd de sens. Mais il leva les mains pour l'empêcher de dire ce qu'elle avait en tête.

— Elle peut habiter avec nous aussi longtemps qu'elle en sentira le besoin, dit-il. Il y a des années que j'ai cessé de penser qu'elle pourrait vivre seule. Si vous êtes toutes les deux heureuses, je suis heureux, moi aussi. Je ne veux honnêtement rien de plus.

Ariel retrouva son sourire.

— Merci, Ernest.

Ils s'étreignirent et elle ajouta :

— Un rêve se réalise. Je crois que je devrai me pincer les bras chaque matin jusqu'au jour de ma mort pour m'assurer que c'est vrai.

Ernest attendit le retour de Clara sur le perron tandis qu'Ariel se dirigeait vers la rue.

Ni Ariel ni Ernest ne virent la camionnette tourner au bout du chemin de campagne. Elle fit une terrible embardée et faillit sortir de la route, puis elle se redressa et poursuivit en direction de la ferme Briar Patch.

Ariel plaça le petit écriteau VENDU sur le plus grand indiquant À VENDRE et poussa un soupir satisfait.

Puis elle fronça les sourcils.

Ernest aussi.

Ils regardèrent la route en direction du bruit de la camionnette qui approchait.

— Ariel? dit Ernest en protégeant ses yeux du soleil.

Il fit un pas vers elle.

— Il conduit horriblement vite, murmura Ariel.

— Ariel? répéta Ernest, plus fort, cette fois.

Clara sortit de la maison.

La camionnette accéléra.

— Ariel! hurla Ernest.

Ariel ne bougea pas. Le camion dévia vers la gauche. Il roula sur la pelouse.

Il percuta Ariel qui rebondit sur le capot avant de s'effondrer sur la pelouse. Le chauffeur ne ralentit pas. Il retourna sur la route et accéléra, laissant un nuage de poussière dans le sillage de la camionnette.

— Ariel! Non!

— Maman!

Ernest et Clara se précipitèrent auprès d'Ariel et s'agenouillèrent dans l'herbe à côté d'elle. Du sang coulait de sa bouche, mais elle respirait encore.

— Ce n'est pas vrai, dit Clara.

Des larmes ruisselaient sur ses joues empourprées.

— Dis-moi que ce n'est pas vrai.

Ernest semblait paralysé.

— Promettez-moi, murmura Ariel.

De toute évidence, ses blessures étaient trop graves : elle semblait savoir qu'elle ne s'en remettrait pas.

— Tout ce que tu veux, dit Clara.

— Je veux savoir que vous serez heureux. Promettez-moi d'emménager quand même ici. Promettez-moi...

Elle toussa et du sang coula sur son menton.

— Promettez-moi de prendre le cheval.

Clara ferma les yeux et hocha la tête.

— C'est promis.

— Vous vous rappelez le nom que j'ai toujours voulu lui donner?

Clara acquiesça de nouveau. Des larmes coulèrent de son menton.

— Chimère. Tant que je vivrai, aucun mal ne lui arrivera. Je ne le permettrai pas.

Pendant que je regardais la scène, le ciel, l'herbe, la ferme, Ernest et Ariel disparurent peu à peu, laissant Clara recroquevillée sur le sol jusqu'à ce qu'elle disparaisse à son tour.

―――

Le monde revint à la normale, de nouveau sombre et froid.

Je mis un moment avant de reprendre mes esprits. J'étais allongé sur le dos dans la neige. Au-dessus de moi, Sophie me regardait.

— Mathieu! cria-t-elle. Ça va?

— Ça va, répondis-je.

Je me redressai et me massai le crâne.

— Combien de temps suis-je resté évanoui?

— Quelques minutes. Tu as perdu connaissance dès qu'elle t'a touché.

Elle pointa le doigt vers Clara, maintenue par Nicolas et Christophe. La tête penchée, les yeux fermés, elle n'était plus en mesure de combattre. J'espérais quand même que les Russo continueraient de la maintenir sans relâcher leur garde une seule seconde.

Je ne m'étais pas évanoui, pas exactement. La vision — c'est le mot le plus proche pour définir ce que j'avais vu — avait été plus forte, plus réelle que toutes celles que j'avais eues auparavant. J'espérais ne plus jamais en avoir.

— La bonne nouvelle, c'est que mon téléphone fonctionne, reprit Sophie. J'ai composé le 9-1-1 dès qu'ils t'ont libéré de Clara et qu'on a vu que tu ne te réveillais pas. La police sera bientôt ici.

— C'est la meilleure nouvelle de la semaine, répondis-je en frottant ma tête douloureuse. Je peux emprunter ton téléphone? Je pense qu'il est temps de raconter à papa et à maman ce qui s'est passé.

— Tout?

— Tout.

— Même qu'on avait décidé de déménager en Floride s'ils mouraient?

— Bon, peut-être pas *tout*.

CHAPITRE VINGT-SEPT

— Avez-vous hâte à votre première journée dans votre nouvelle école demain? demanda maman, assise en face de nous à la table.

— Un canard à une patte nage-t-il en cercle? rétorqua Sophie.

Nous avions passé beaucoup plus de temps à l'intérieur qu'à l'extérieur pendant le reste de la semaine de relâche. Maman avait été trop terrifiée pour nous laisser hors de sa vue. Pour dire la vérité, ça ne m'avait pas dérangé. Même chose pour Sophie. Les premiers jours passés dans notre nouvelle maison nous avaient épuisés, en particulier la dernière confrontation avec Clara, Ernest et Chimère. Mais nous brûlions maintenant d'envie de sortir et de faire quelque chose, n'importe quoi. Y compris aller à l'école. J'aurais échangé volontiers une journée entière à faire des maths contre une autre à être confiné dans la maison. De plus, j'avais hâte de revoir Christophe et Nicolas. Leurs parents les avaient eux aussi gardés à l'intérieur pour le reste de la semaine. Nous nous étions envoyé des textos sur nos nouveaux cellulaires.

— Génial! cria papa.

Il traversa la cuisine. Il tenait une poêle à frire dans une main et une spatule dans l'autre.

— Et non, je ne parle pas seulement du déjeuner.

Il nous regarda un instant, et comme personne ne réagissait, il ajouta :

— Je parle de moi. C'est moi qui suis génial.

— Ouais, on a compris, dit maman avec un sourire.

Mais papa n'était pas du genre à se laisser décourager quand ses blagues tombaient à plat. Il fit passer quelques crêpes du poêlon à nos assiettes.

Je les regardai. Papa les avait façonnées pour ressembler au Glouton de *SOS fantômes*.

— C'est trop tôt? demanda-t-il.

Que papa ait voulu plaisanter ou non, je ne pus m'arrêter de rire. Soulagé, il sourit et m'ébouriffa les cheveux.

— Ne l'encourage pas, chéri, lui dit maman. Il voudra devenir un genre de chasseur de fantômes plus tard.

— Ne t'inquiète pas, dit Sophie, la bouche

pleine. Plus tard, je serai vérificatrice.

Cette fois, c'est maman qui rit à gorge déployée.

— Tu ne veux pas entraîner des chevaux? demanda papa, sarcastique.

— Pas question, répondit Sophie. Je me demande bien pourquoi, ajouta-t-elle en souriant.

À ce moment-là, j'étais heureux. Vraiment heureux. Nous avions traversé une période difficile, mais nous étions déjà capables d'en rire. Mon ancienne ville me manquait encore, mais tant et aussi longtemps que nous serions ensemble, nous irions bien, peu importe ce que la vie nous réserverait.

Après tout, Sophie et moi avions vaincu un fantôme, un cheval fantôme *et* une femme qui voulait notre mort. Quand ils étaient venus arrêter Clara, nous avions tout raconté aux policiers, même la partie concernant les fantômes. Nous avaient-ils crus? Qui sait? Mais ils notèrent nos déclarations et nous assurèrent qu'ils enquêteraient pour découvrir si elle était impliquée dans les meurtres de Dani et de Jacques. Deux jours plus tard, nous apprîmes par un article de journal que Clara avait tout avoué et qu'elle serait jugée pour ces meurtres et pour ce qu'elle nous avait fait subir.

Après avoir mangé mes crêpes Glouton, je

pris mon assiette et mes ustensiles, et je laissai Sophie, maman et papa à la table. Le journal du dimanche était sur le comptoir à côté de l'évier. Un des titres attira mon regard et je me figeai. Mon assiette faillit me glisser des mains. Je me hâtai de la ranger. Je pris le journal, le cachai à l'arrière de mon pantalon, sous mon tee-shirt. Personne n'avait rien remarqué.

— Hé! Hum, Sophie? dis-je. Tu as toujours ma bande dessinée de *Batman*?

— Oui.

— Je peux la reprendre?

— Bien sûr.

— Maintenant?

Sophie soupira et se leva.

— Bien.

Maman me dévisagea, les sourcils levés, puis regarda papa.

Il haussa les épaules.

— Quand un garçon a envie de lire *Batman*, il doit lire *Batman*.

J'entraînai Sophie à l'étage. Mes pieds étaient lourds et ma tête tournait. Sophie voulut aller chercher la bande dessinée dans sa chambre, mais je la fis entrer dans la mienne.

— La bande dessinée est...

— Je n'en ai pas besoin, dis-je.

J'inspectai mon placard. J'avais passé la semaine à y jeter des regards nerveux même si je savais que Dani était allé dans le royaume souterrain et qu'il n'en reviendrait pas.

— Qu'est-ce qui t'arrive? demanda Sophie.

Je pris le journal sous mon tee-shirt.

— Tu te rappelles ce que Clara a dit? Son père et Chimère sont morts en laissant des tâches inachevées et sont revenus pour se venger.

Sophie hocha lentement la tête, les yeux écarquillés.

Je lui montrai l'article qui avait attiré mon regard dans la cuisine. Le titre disait : « Clara Creighton, soupçonnée de meurtre à Courtice, a succombé à un infarctus. »

— Si elle n'a pas laissé des tâches inachevées et si elle n'a pas soif de vengeance, je ne sais pas qui en a, dis-je en sentant un frisson presque aussi froid que le toucher mortel d'Ernest me traverser le corps.

À PROPOS DE L'AUTEUR

Joel A. Sutherland est l'auteur de *Be a Writing Superstar*, de plusieurs titres de la collection *Lieux hantés* (qui lui ont valu les prix Silver Birch et Hackmatack) et de *Frozen Blood*, un roman d'horreur finaliste au prix Bram Stoker. Ses nouvelles ont été publiées dans plusieurs anthologies et magazines, dont *Blood Lite II & III* et la revue *Cemetery Dance*, où l'on trouve aussi des textes de Stephen King et de Neil Gaiman. Il a fait partie du jury des prix John Spray Mystery et Monica Hughes pour la science-fiction et la littérature fantastique.

Joel est bibliothécaire au service des enfants et des jeunes. Il a participé en tant que « bibliothécaire barbare » à la version canadienne de l'émission à succès *Wipeout* dans laquelle il s'est rendu au troisième tour, prouvant que les bibliothécaires peuvent être aussi acharnés et fous que n'importe qui.

Joel vit avec sa famille dans le sud-est de l'Ontario où il est toujours à la recherche de fantômes.

Aussi disponible :

978-1-4431-7490-9

Lis de vraies histoires d'horreur canadiennes :

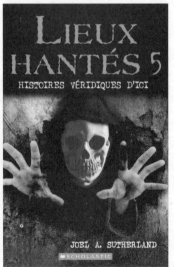

978-1-4431-4737-8